U0105280

在你们离开以前

作者
|
毕啸南

CNS 湖南文艺出版社 HUNAN LITERATURE AND ART PUBLISHING HOUSE 博集天卷 CS-BOOKY

在 你 们 离 开 以 前

关于父母的离去，会以怎样的方式离去，我想过很多很多次。
问身边的朋友，原来不止我如此，好多人都想过。

还是孩子的时候经常想，长大了偶尔会想；父母在的想，父母已经离去的，原来也会想。回想，假想，梦里想。

——《生无悔，死无憾》

在 你 们 离 开 以 前

那个初春，午后的阳光在风中起舞。

到了傍晚，落日喝醉了酒，一头掉进了乡间小路旁的河塘里，余晖一层层洒开，晚风徐来，路边白的、黄的小雏菊们也微醺酣畅。

——《童年的野蝴蝶》

在 你 们 离 开 以 前

小时候我跟着你们走，长大了我想带着你们走，我们永远都是去往同一个方向。直到某一刻，我意识到，我真的要走自己的路了……我双眼满含泪水，郑重地转过身去，与你们作别。这一刻，属于我的人生，才刚刚开始。

——《让我们各自精彩》

在 你 们 离 开 以 前

我与父亲之间一直有一场隐形的战争。

我总是一面小心翼翼地维护着他的渴望，一面又试图努力摆脱他的影子。

在雄性动物权力的较量中，父亲总是天然地要先输的那一个，而胜利的儿子，终会在某一刻顿悟：胜利者并没有什么值得骄傲，因为始终深爱我的，是我的父亲啊。他总是在不远处凝望。

——《醉酒的父亲》

西子湖畔，我租了一艘画舫，与爸妈泛舟湖上。月入波心，桨声搅了一池春水，晚风携着浓郁的海棠花香，三人不语，神仙向往。

——《生无悔，死无憾》

在 你 们 离 开 以 前

年龄这样沉重的东西，在爱情面前变得毫无意义。

——《六十岁女人的爱情》

目录

Contents

离别

01

他们的童年是怎样的？爱过谁、怨过谁吗？可曾有过像我一样的理想和追求？甚至他们的性、那些掩藏的欲望和不甘呢？他们有只属于自己的巨大的遗憾吗？

我像打开自己一样打开过他们吗？像爱自己一样爱过他们吗？或者，像看待一个平等、独立而完整的人那样看待过我的父母吗？

老去

02

青春从来不晚。
请你们为自己而活。
让我们各自精彩。
这是我们父母儿女一场，彼此间最好的命运与馈赠。

和解

03

我们是各自不同的生命，我们各自有完全不同的生命轨迹。只有真正了解、理解并接纳了他们真实的一生，两代人之间才有真正意义上的完全和解，而我们，也才能从中寻找到真实而完整的我们。

礼物

04

她对生命的爱与善意，对陌生人的悲悯与同情，对普通人的理解与尊重，都已如同血液一般流淌在我的身体里。

一封家书

离别

01

他们的童年是怎样的？爱过谁、怨过谁吗？可曾有过像我一样的理想和追求？甚至他们的性、那些掩藏的欲望和不甘呢？他们有只属于自己的巨大的遗憾吗？

我像打开自己一样打开过他们吗？像爱自己一样爱过他们吗？或者，像看待一个平等、独立而完整的人那样看待过我的父母吗？

生无悔，死无憾

我想象过父母的葬礼。

四壁白墙，无瑕透亮，像你们初来这个世界时一样干净。

正前方，是一面宽阔的电子屏，放映着平日里给你们拍的照片和影片，一张一张，一幕一幕。

"看看人家老宋穿得多美""你爸年轻的时候也是一表人才呀""这一家三口真幸福"……

来送别的亲朋好友，也是各自一身洁白，坐在席上，一起观看你们的生平集锦。看到某张照片时，忍不住跟身边的人念一句，或者跟我说。

我听到了，嘴角上扬，笑容是真诚的，眼泪也是。

在很多年前，我便让爸妈录了一段视频，主题是"给我离去后的世界"。他们各自对着镜头想了想，在他们离开以后，会对这个曾经来过的世界说些什么？又会对那些深深挂念着的人说些什么？

二十几岁的时候，总觉得中国人忌讳谈生死，活得不够通透明白。

我们缺乏性的教育，便对生命的起源充满蒙昧；缺乏爱的教育，便对情感与灵魂的感受粗糙干涸；缺乏死亡的教育，便对生的意义和追求失去信仰。

但慢慢地，随着年龄日长，已知众生终归平凡，见多了离合无常，悲欢有恙，自己也不肯再轻易地把“死”挂在嘴边。生活已是不易，何必再徒添残忍。

有些无畏的勇气，也多亏了年少的无知。

想象中葬礼的最后，播放的便是这段影像。

视频里，爸爸认真和蔼，妈妈乐天的模样一如往常。

席上的人屏住呼吸，耗尽了心力接受你们已经永远离开，再也回不来的现实，却又见到了那熟悉的音容笑貌，一言一语。

我不知道他们会是怎样的反应。写到这儿，我却已呜咽声起，号啕大哭。

一切虽都只是想象，却也并非没有缘由。关于父母的离去，会以怎样的方式离去，我想过很多很多次。

问身边的朋友，原来不止我如此，好多人都想过。

还是孩子的时候经常想，长大了偶尔会想；父母在的想，父母已经离去的，原来也会想。回想，假想，梦里想。

时光倒流，一切是不是会有所不同？父母子女一场，有些事是不是不必那么计较，有些事是否可以做得更多？

又想起诗人北岛在《城门开》中写他与父亲的临别一幕：

> 父亲离世前我获准回去三次，每次一个月。由于强烈的生存意识，他过了一关又一关，但最后半年他全面崩溃了，只能靠药物维持。第二次脑血栓废掉了语言能力，对像他这样话多的人是最大磨难。他表达不出来，就用指头在我手上写，并咿咿呀呀发出怪声。
>
> 我每天早上做好小菜，用保温箱带到304医院，一勺勺喂他。我多想跟他说说话，但这会让他情绪激动，因无法表达而更痛苦。每回看到那无助的眼神和僵硬的舌头，我心如刀割。
>
> 2003年元月11日，星期六，我像往常那样，上午十点左右来到304医院病房。第二天我就要返回美国了。中午时分，我喂完饭，用电动剃须刀帮他把脸刮净。我们都知道，最后的时刻到了。他的舌头在口中用力翻卷，居然吐出几个清晰的字：“我爱你。”我冲动地搂住他：“爸爸，我也爱你。”记

忆所及，这是我们第一次也是最后一次这样说话。

不知此后经年，北岛忆及此幕，会有多少遗憾?

读过的、听闻的、见过的遗憾太多了。

我不想。

我不是贪心的人。

如果这辈子人生的诸多身份，只能择一个圆满，我选尽力做一个好儿子。

二〇一五年冬天，爸妈煤气中毒，双双被送往医院抢救。

顺利的生活是梦，意外会告知我们人生的真相。

那年我虽已二十七岁了，但心里依然把自己当成一个孩子，也从未料想过，要这样早、这样猝不及防地面临父母或许会同时离去的残酷现实。

如果这世上只剩下我一个人，我该如何活下去呢?

那天，北京的霾有些浓，北师大校园里的法国梧桐枝丫已光秃，几只黑鸟在灰色的天空呼啸而过。路上青春的脸庞大多被白色的口罩遮挡了一半，留下一双双黑色的眼睛相互张望。

我加快了脚步。空气不好，我那苦涩的咽炎便会发作。

开会前，我又给家里打了电话，还是没有人接听。

妈的微信没打通，爸的电话也没人接。

我心里开始有一些不祥的预感。

说来也是奇怪，现在回想，从念高中住校开始，爸妈就很少主动给我打电话，几乎是没有。来北京这么多年，什么事都是自己一个人扛过来，他们也都基本不过问，我倒也乐得自在。

有一天深夜，刚刚下节目，竟然看到了我爸打来的电话，看到未接来电提醒，我的心都跳到了嗓子眼儿，以为家里出了什么大事。紧张地把电话拨回去，等待的每一秒都无限漫长，隔了许久，爸才接了电话，他已经入睡了，我问他大半夜给我打电话有什么事，结果我爸说，是他不小心按错了。

平日里，我一般每隔一两天便会和家里通个电话，爸手机经常占线，似乎忙得不得了；我妈简直是马大哈精神的典范，去邻居家串门儿，十次能有五次忘记带手机。有时候打不通，也习惯了。

二〇一五年下半年，我到北京师范大学做博士后工作。那段时间，正是我们学院承担的国家双重大课题的关键攻坚阶段，同事们早起晚睡，有的甚至直接搭了一张行军床，临时住在了办公室。

我也忙得一塌糊涂，电话打得便没那么频繁。上次没打通，本想着第二天再打，结果一忙便忘记了。

生活常常很无情，很多事你一直做得很好，偏偏只疏忽了一次，就是一场生命不可承受之重。

课题组召开第一次成果汇报会议，我担任其中一个子课题的项目负责人。会前电话没打通，心里开始有些忐忑急躁，心一直怦怦地跳，像大大小小的鼓点，打得我七上八下，慌乱不安。前面专家发言时，我把手机藏在桌子底下继续不停地打，心里期盼着他们之前只是没注意，能尽快给我回过来。

"乐，你爸妈前两天煤气中毒在医院抢救，"突然收到大伯的信息，"已经都没事了。再过几天就能出院。"

我蒙了几秒。大伯又跟来一条短信："你妈说让你不用回来，安心工作。家里有我们，你放心。"

"回家"，是意识清醒过来后，我脑海里的第一反应。

那一刻，只想放下一切，回家。

抬起头，同事们已经在台上答辩了，但我却像一个游魂，望着这眼前的一切恍惚。

成人的世界就是这样，现实总是迫使你在两难中做出选择。回家，是情也是本能；工作，是理也是责任。

还是放心不下，出会议室给大伯打了一个视频电话，大伯把医生找来，我问医生具体还有几天可以出院。医生回，一周之内。

我冷静了下来，知道应该是真没事了。

轮到我代表子课题项目答辩了。上台的短短几步路，我深深地吞吐了几大口气，试图平复慌乱不安的心。

“发挥稳定，表现很棒。”同事发来微信鼓励我。

答辩完，我狂奔向机场。

从念大学开始，我便一边读书一边趁周末和假期兼职，从不铺张浪费，也算有了一点积蓄。博士生毕业时，给爸妈在威海郊区买了一个小房子，那种二层的小楼，依山傍水，炊烟田园，是我理想的岁暮生活。

只是冬天还没有通上暖气，邻居们便商量着一起买了空调，想着先过了这个冬天，等来年政府就会安装集体供暖的设备。爸妈节省的精神体现在生活所有的方面。我爸嫌太费电，自己竟然不知道从哪儿捣鼓了一套煤气炉，说要燃煤供暖。

后来才知道，那天睡觉前，爸就闻到了家里浓浓的煤气味。他告诉我妈，我妈回了一句：“咋那么娇贵啊，大惊小怪的，死不了人。”

我爸是性格极谨慎的人，夜里两点，他不自觉地惊醒了，只见我妈口吐白沫、两手抽搐。爸抱起我妈就往车里走，路上，他给我大伯打了电话。

一踩油门，爸直接开到了中心医院门口，车还没熄火，自己也一头栽倒了。

紧急抢救。

我爸轻度中毒，妈中重度。

这事件让我开始思考一个问题：

如果他们就此离去，我这辈子到底有多了解这两个生我养我的人？

《增广贤文》里说："羊有跪乳之恩，鸦有反哺之义。"小兽尚且如此，作为有意识、情感和思想的人，父母养我育我，为我奉献了一生，我又回报过什么呢？可曾真的认识和理解过他们呢？

他们的童年是怎样的？爱过谁、怨过谁吗？可曾有过像我一样的理想和追求？甚至他们的性、那些掩藏的欲望和不甘呢？他们有只属于自己的巨大的遗憾吗？

我像打开自己一样打开过他们吗？像爱自己一样爱过他们吗？或者，像看待一个平等、独立而完整的人那样看待过我的父母吗？

没有。

在两代人的文化语境里，这艰难尤甚。

一个人的自我和解是场终生之战，两代人之间的相互理解往往是这场战争中最关键的一役。

父母之于子女，或是子女之于父母，都是如此。

我开始策划一场只属于我和爸妈三个人的生命艺术之旅，主题是“人生如何与父母说再见”。

因为爸的工作关系，每次外出的时间不能太久，我们索性就把旅行的范围锁定在中国境内。我把国内划分为十二个文化区，东北三省、环渤海、中原、大西北、大西南、港澳台等等。一年中最温柔的春与秋，带父母旅行两次，成为三个人的约定。

到二〇一九年底，我们已经旅行了八次，完成了这场生命艺术之旅的三分之二。

这是一个有趣的过程，我们并非简单地旅行。会互相拍照片和视频影像，会给自己和对方写信，会认识各地不同的朋友，他们在一场又一场旅途中不断打开自己，并把生命中的遗憾一个一个轻轻放下。我想，这些都会成为我们一家人往后生命中最温暖和动情的礼物。

我爸，一生最大的遗憾是怀才不遇，以及由此伴生的对奶奶的怨。

从小，四周亲戚邻居就总有人跟我说，你这么聪明，真是像你爸。

奶奶说："那时候家里实在太穷，你爸小小的，也只能跟着我们去闯关东，谋生活。"

从山东威海到黑龙江鸡西，跨过山海关城东门，我的家乡，称爷爷奶奶这些人是去闯关东。

爸爸学习成绩很好，一直是年级第一名。中考，他是县里的状元。

爷爷是位军人，早些年上过战场，落了一身的伤，我爸中考那年，爷爷新病加旧疾，瘫痪了。

奶奶说，家里没钱供我爸继续念书，想让他退学挣工分养家。

爸的班主任惜才，不舍得让我爸退学，跟奶奶说，我爸的学费他来出，上学他来供。

奶奶还是没同意，我爸被迫辍学。

后来，我一直都在寻找那位班主任，我知道，我爸心里一直想对这位老师说声谢谢。可惜他并不知道老师完整的名字，茫茫人海，但愿终能相遇。

我曾经一直在想，爸于我而言是怎样的存在？

他怨奶奶，我也怨过他。

怨他什么呢？

是那些画面。

小学放学，一回家，经常看到他和那几位同样人生不得志的朋友，喝得醉醺醺的样子；他脾气暴躁，有一段时间动不动就大吼大叫扔东西把我妈气哭的样子；他们要离婚，他蹲在地上问我想跟谁时那绝望的样子。

后来长大了，见过很多事，很多人，我也慢慢理解了爸爸。

我知道，他委屈。

小时候爸妈吵架，我从来都是毫不犹豫地站在妈妈这边。现在，我却总是耐心地劝慰妈妈："人生没有完美，我爸其实是很好的男人。"

是呀，除了常被我们吐槽的小毛病，他几乎没有任何不良嗜好。三十年如一日地省吃俭用，都是为了这个家，为了我。

爸爸做人极为稳重谨慎，他是会计出身，去年单位查账，十年前八年前的单据，他竟然都一张张保存得完好无损。我想，除了应该尚算聪明的基因，这是我从他身上继承到的最宝贵的品质。

主持人这个行业，聪明的人想风光其实特别容易，但得失往往在一瞬间，路要怎么走，走多远，还是得看自己心里的那杆秤平不平，稳不稳。

我又想起，爸爸虽然脾气不好，但从小到大却极少冲我嚷嚷。像大多数父亲那样，也许他不怎么会教育，也不怎么会表达，但他就是一直在那里肃穆、安静地守护着我，话从来也不多说，对我也很少批评，好像我怎么做他都是默许的。除了高考填志愿，他做了一次主，偷偷地改了我的志愿，此后我人生大大小小的事，他几乎完全尊重我个人的选择。

后来我慢慢意识到，我骨子里刻着的那份自由的气息，是我爸为我守住的。

虽然我知道，他并不清楚“无为而治”的教育理念，甚至连这么做都是无意识的。但是，他爱我，尊重我，这就是一切。

我理解了父亲，也希望他能理解奶奶。

爸爸虽然埋怨奶奶，但身为人子，物质上的尽孝他从来没缺过半点，只是情感上，他们母子间很难好好坐下来安静地说会儿话。

心里都有疙瘩。

奶奶是娇气的。都快九十岁的人了，依然很娇气。

但我理解奶奶，她的人生，何尝不是万般皆是命，半点不由人。

地主家庭出身的小姐脾性，经历史的沉浮变为丫鬟身子，爷爷瘫痪后床上尿床上拉了十六年，也是她这样一个娇气的人吭哧吭哧独自拉扯着孩子们长大，并把爷爷好好地伺候到了最后。

如果可以拥有和和美美的人生，谁又愿意留下一身刺和伤疤呢？

奶奶和爸爸的命运让我从小就明白了一个道理，在大的时代面前，个人的爱恨悲欢如沧海一粟，不过是汪洋里随波摇摆的小舟。

这也深深影响着我的职业观念，我从不激烈地表达什么，历史和命运面前，我们都太渺小了。我竭尽全力，只求在风雨中护所爱的人一方平安。

家中日子慢慢宽裕起来，我的学业和工作也渐渐有了起色，爸爸的心情明显舒畅了许多。我的每期节目、每篇文章，他和妈妈一定都会第一时间收看，边看边认真做笔记。他们也在不断地学习并拓宽认知。

人是可以改变的，最明显的，便是我爸的脾气，这些年真的是好了太多。他变得更有力量，能更好地掌控自己。

在这样一点一滴的日子和成长里，我试图通过带他们旅行，带他们拥抱世界，让爸妈在大山大海的抚慰中更好地去弥合心中一个又一个遗憾。

二〇一六年四月十二日晚，杭州，西子湖畔，我租了一艘画舫，与爸妈泛舟湖上。月入波心，桨声搅了一池春水，晚风携着浓郁的海棠花香，三人不语，神仙向往。

我拿起相机，开了视频录制功能，对我爸说：“爸，说说你和奶奶的故事吧。”

事先和爸爸说好了的，这次旅行的主题便是要把这件事说开。

事到临头，我爸依然窘迫。“都是些陈芝麻烂谷子的事，有什么好说的。”

“说嘛。”我发挥儿子撒娇的本领。

不管用。

马上转换战术，我又开始循循善诱地讲道理，说了一大堆：“有什么不能原谅的，她还能活几年呢？”

我爸听了这句，沉默了一小会儿，开始讲，迎着湖面的风。

事，还是那些事，并没有什么变化。

但说出来，人就轻松了。

多说几次，事情也就随着那些碎碎念，慢慢淡去了。

每次回北京，临行时我都要去奶奶家和她老人家告别。但有一次，我收拾得晚了一些，出门时天已经黑了。奶奶把院子的大门关了，她耳朵背，大概听不到我的敲门声，迟迟没有开门。我心里想，要不这次就算了，扭过头来和爸爸说：“你回头记得和奶奶说一声。”爸沉默着点了点头，算是回应。

爸开车送我，一路上我看看手机听听歌，父子俩安静得很。车行了半程时，忽然我爸转过头来跟我说：“要不，你还是回去跟你奶奶道个别吧。”

我看了看爸爸，凝视着他的眼睛，有那么几秒钟，时间仿佛是凝固的。不知道为什么，那一刻，心里一下子特别难过。

大概那是第一次，我浅薄的人生湍流的河，到了一个转弯处，我真实而确切地感受到，奶奶和爸爸都老了。

爸掉头回来。他托着我，我踩着他宽厚敦实的肩膀，从院子的墙上爬了进去，脱落的墙灰刮了满身。

奶奶一个人端端正正地坐在炕上，她的眼睛也有些模糊了，直到我走近，她看见我们爷儿俩，“哇”地哭出声来：“我还以为你没来看我就走了。”

现在，我爸依然经常念叨我奶奶的不是，但他们母子说说笑笑，算是和解了。我知道。

就这样，二〇一六年秋，洛阳龙门石窟，爸爸在蒋介石公馆中谈谈工作中的感慨与遗憾；二〇一七年春，厦门鼓浪屿，妈妈在一树繁花下谈谈自己的爱恋与青春……

他们那些曾经的委屈或是怨恨，不甘或者留恋，都随着说出来的话，在时间的风中飘啊飘，飘得远远。

记忆总是美好的，如果你愿意把遗憾弥合。

很多朋友跟我说，他的父亲不一样，母亲不一样，无法交流，很难沟通。

其实，天下的父母，大多数都是一样的。

只不过，功夫都在一点一滴里。

我想，爸妈活着的时候，他们能有机会把各自生命中那些大大小小的遗憾自我完整——不是忘记，不是放下，而是平静而温暖地去填补完整，虽不可能事事尽美，但已自得圆满，应是足矣。

孔子说："未知生，焉知死？"

我心里想："生无悔，死无憾。"

最好的告别

人生在世，有太多的痛苦与遗憾。与父母的告别，是我们永远不能忘却的伤痛，永远不会停止的思念，永远不想等来的明天。

二〇〇二年，韩小红从德国海德堡大学拿到医学博士学位后归国创业，成立慈铭体检，开拓中国民营体检行业市场。然而，命运却在此时与她开了一个巨大而荒谬的玩笑。先是父亲被确诊为肝癌晚期，随后韩小红自己也被诊断出患有中期胃癌。父女二人在同一病房，生死一线间。

采访她的过程中，韩小红几乎全程流着眼泪，但因其建立在巨大的人性的真的基础上，其情之深意之切，让我不忍打断。

我问她："你会觉得老天不公平吗？"

"没有。当时就觉得必须活下去。"韩小红眼睛里一直挂着泪水，言辞却依然铿锵。她抬起手，擦了擦眼泪。"其实父亲确诊的前半年，我几乎是窒息的，每天都是撕心裂肺地度过。我做化疗的时候，想多陪陪父亲，特意让医院把我跟父亲安排在一个病房，中间只隔着一道帘子。我骗父亲说我是胃溃疡。这期间也是我创业最艰难的时候，我一直坚持工作，每周让高管来我这儿开会。他见我这种状态，也就相信了。但等到我做了胃切手术，全身上下插满了管子，他半夜偷偷下床来看我，就全都明白了。当时他也哭得难以自控。”她停了片刻，已是控制不住自己的泪水，大滴大滴地滚落。“他几次跟我讲，我曾经是他最放心的女儿，现在反而成了最放心不下的人。”

“你也是医生，最后却选择给父亲用了大剂量的止痛药。”

“父亲最后的骨性疼痛到了酷刑的程度，大量的止痛药会缩短他的生存期，但可以改善他的生活。所以我当时做了决定，让他能够不再疼痛。父亲给了我极大的支持，我把心思都放在他身上，这也让我几乎忘记了自己身上的痛。”

“你自己也在承受病痛，也面临着死亡的风险，但你依然把父亲放在了第一位。这种情感是了不起的。为什么还会有这么强烈的遗憾？”

“可能就是这份父母之爱吧。当你的人生阅历越来越多的时候，你会发现其实这个世界上只有爸爸妈妈的爱是最无私的。”韩小红滚烫的热泪大颗大颗地往下掉，似乎有太多的无奈、委屈和悔恨消融在这哽咽的哭声中。

我眼眶红透了，眼泪也一直在里面打转。我默默地望着她，希望她能感受到这份无声的拥抱。

她稳定了一会儿情绪，说：“父亲在他最后的时间里跟我说了很多他的愿望，他说他一直想看世界杯，想去某个国家看看。可能他不知道，他的这些话对我来说都成了永远无法弥补的遗憾。”

采访韩小红的时候，我还太年轻，跟着这份深情感动，却也一直未能明白她的遗憾为何如此之深。现在才慢慢体悟，床前尽孝，该做的能做的虽然她都做了，却为时已晚。

人之孝，首先是物质层面，我们中国人讲“养儿能防老”。

其次，是精神层面，愿父母老有所依，活得不孤独。

而在人的根本意义上讲，父母作为独立、平等、完整的生命个体，是否被儿女足够理解与关照，是文明发展到今天，两代人都需要面对的问题。

为人儿女，我们常常渴望来自父母的理解与关怀，仿佛一切都是天经地义；可我们又何曾真的了解与尊重过他们的一生呢？

父母之于子女是，子女之于父母亦然。

父亲想去的地方、喜欢的风景、爱的物件儿，在他活着的时候，韩小红都未曾关注到，也没有满足他。正是在这个意义上，韩小红才感到莫大的遗憾吧。

也有人在他们离开以前把遗憾弥合，完成了与父母的完整告别。

比如，演员颜丙燕。

一九九四年，颜丙燕进入影视行业，并出演《甘十九妹》《红十字方队》等经典作品，表演才华得到了业内外的一致赞誉，演艺事业风生水起。而就在此时，颜丙燕的母亲被查出身患癌症，从二十四岁到三十二岁，颜丙燕几乎完全放弃了表演舞台，错过了女演员走红的黄金年龄。整整八年，她一直陪伴在病床前，直至母亲离世。

颜丙燕自幼被寄养在山东老家，跟随爷爷奶奶长大，与父母感情生疏。十一岁考入北京歌舞团后回北京，又正值青春叛逆期，与母亲矛盾愈发激化。在颜丙燕心里，母亲只是一个如同陌生人般的存在。病床前的八年守护，是她与母亲的一次重新相认。

“妈妈手术前，你当时是什么反应？”

“前一天晚上，我爸给我打了一个电话，医生说这个手术可能撑不下来。我爸心里扛不住了，想跟我商量。我当时劝我爸说没事。当晚很正常地就睡了。第二天闹钟一响，一大早就得去医院，我瞬间想起我爸昨天说过的话，然后就突然意识到，万一手术不成功，这个人（我妈）就走了。那一刻我的感觉就是不行，这个人我都还不知道她是怎么回事，我对她一无所知。”

“直到那一刻，你对你妈妈依然一无所知？”

“一无所知，我一直很回避她，即便在她刚生病的时候，我也是回避的状态。那一瞬间突然就觉得，她今天如果真的走了，怎么办。然后我突然间就开始哭。你知道吗？我都没下床，坐在床上就开始哭，哭了有十多分钟。边哭边下床刷牙洗脸，往医院跑，然后就看见我妈被推进手术室。那个时候我看着她，觉得有很多话想说。当时我想老天爷能不能给我一个机会，让我了解她。起码她给了我生命。”

“老天最终给了你一次机会。”

“那个原本计划一个半小时的手术最终做了七个半小时，我几乎是一直站在手术室门外，看着医生一会儿出来，一会儿又进去，一直在折腾。最后医生出来，说手术成功了。我听到后就往后退，从头发到脚指甲都是软的。一下子就坐在凳子上，特别虚幻地看着我爸跟那个医生说话。从那天开始，我就主动跟我妈说话了。”

“你都和妈妈说什么，会提起你对她的不理解甚至是怨恨吗？”

“我逮着任何机会就聊。聊她小时候的事，聊她除了我爸还喜欢过别的人吗。问各种隐私，各种试图了解她的问题。这个过程当然也会聊把我送回山东的事，对我妈来说，她心里其实一直极其后悔。我爸妈是双职工，三班倒的那种，他们实在没办法，只能把我送回爷爷奶奶那里。我当时一岁多，我爸送过我两次，我不停地哭，他心一软又把我带回来了。后来我妈也送了两次，第一次我也是哭得不行，又被抱回家了。最后一次，我妈故意让我跟奶奶睡一个被窝，半夜我悄悄爬到我妈这边，说妈妈抱抱我。我妈一边流泪，一边要把我轰走。我就开始哭，我妈也哭。就这样，她把我留在山东，自己哭着回去了。”

“所以你那七八年的时间没拍戏，陪在病床前，其实是在完成一次与母亲的重新相认。”

“对，就是母女之间一种特别的重新认知。我刚从山东回北京的时候，我妈说我就是一个女流氓，抽烟、早恋、经常打架，说我要被枪毙的。我特别不以为然，最开始的几年，她天天揍我，没多久就把我打服了。后来她跟我说，我的经历对她来说是一个最大的伤痛，她觉得她永远都不能取代奶奶在我心中的位置。那几年中，我和妈妈的沟通解决了很多很多问题，我用了七八年的时间，才真正知道了‘妈妈’这两个字的真正含义。”

“你整整陪了她八年，这期间有没有想过放弃？”

“其实到第三年就已经超出了医生的预期，后来医生已经很直接地劝我们放弃治疗了。一是因为经济方面压力太大，那个时候我已经债台高筑；二是医生认为我妈妈太痛苦了。

“我妈妈那个时候就像个孩子，谁跟她亲她就会折磨谁，疯狂、无礼，这些我们都经历过。但我放弃不了，我做不到。虽然我妈有时候嘴上会说不想活了，但每次病危，她都能挺过来，她很坚强。

“后来我去医院收拾她的东西，从枕头套里发现了很多字条，都是她偷偷写的。她的病房有电视，看到哪个节目说哪个医生擅长治什么样的病，她就记下来，说不知道能不能救她一命。可这个字条我们谁都没见过，她也从未跟我们任何人说起过。

“在她离世前几天，她又写了一张：燕子，妈妈累了，妈妈撑不住了。

“其实一个人如果真想走的时候，不需要打招呼，他只要自己放弃，自然就走了。而我们作为亲人，不需要替他去做选择。任何人都无权决定亲人的生死。我们只需要去陪伴和爱。”

无论做怎样的准备，父母的离去都是巨大的悲伤。因为在某种意义上，往后余生你就是一个人面对这个世界了。

颜丙燕用了八年的陪伴与母亲说再见。

八年里，她把母亲一点一滴地还原为那个独立的、平等的、完整的母亲，那个独立的、平等的、完整的人。

我想，这是她们母女之间，最好的告别。

迷恋这人间烟火

三年前，有一段时间我录完节目，回家总是要到凌晨两三点了。路边的许多店面都已打烊关灯，唯独在离家不远处的两株大柳树下，一家饺子馆仍是灯火通明，伴着热腾腾的蒸汽，翻滚着人间的烟火。与其说是饺子馆，倒不如说是饺子摊，因为没有店面，这对年轻的夫妻在马路边的柳树下支起了几张四四方方的折叠小桌和马扎，又架起了一个简易的燃气炉锅，一大锅沸水蒸腾，煮着热腾腾的饺子，三三两两的客人呼朋引伴嬉笑吆喝，仿若这座繁华的北京城流动的餐厅。

我观察了几次，慢慢发现这些凌晨围坐在路边吃饺子的人有许多共同的特征。比如他们大多是穿着环卫工人制服和保安制服的大哥，偶尔也有几位大姐，他们应该和老板、老板娘都很熟悉，点菜上菜经常操着一口我听不大清楚的方言乡音；比如他们吃的都很固定，几盘饺子，几瓣大蒜，一小碟醋，一碗饺子汤，一瓶小酒。每桌的客人喜好什么口味，老板似乎全都了然于胸；如若有客人喝酒，年轻的老板也会偷溜过去与客人们喝上一小杯，老板娘马上便会嗔怒地责备他几句，引来几桌老爷们儿的集体哄笑，老板一边冲老板娘抛去求饶的眼色，一边赶紧再嘬一口小酒，几步小跑回去干活儿；最有趣的是，与年轻的小老板“偷偷嘬酒”打成一片的客人中还有几位身着制服的年轻城管，他们之间白日里那独特的管理与被管理的严肃关系，在夜晚两点这一碗热气腾腾的饺子和一口浓浓的乡音中被消解成俗世生活中一幅再自然不过的风景。

我迷恋这人间烟火气。

若是肚子饿得咕咕叫，我也常过去拿起一个马扎挤在某一张桌子的边角处点一份饺子。我仍清楚地记得一个细节，第一次去吃饺子时，年轻的男主人有些吃惊，他递给我马扎时，特意用餐巾纸擦了擦马扎的座面。我录完节目没有换衣服，他可能觉得我穿得体面。

一来二去，大家也渐渐熟悉了。老板名唤“振华”，江西人，那年三十二岁，乡亲们亲切地叫他华仔。华仔性格爽朗，喜欢追香港警匪剧，最喜爱穿牛仔装，笑起来一口小白牙，常常逗得大家开心。老板娘是山西人，面容清秀温婉，话很少，很文静，如她的名字“盈盈”一般，总是面带浅浅的笑。饺子馆的老顾客大多是江西和山西的老乡，时间久了，他们之间也能听懂彼此的方言。我一度很羡慕这对年轻夫妻的感情，虽然生活艰辛，但凌晨的北京，马路边上的小摊，昏黄的路灯，丈夫时不时地给妻子擦擦汗，擦完便冲着含羞的女人憨憨傻笑，女人温柔地回望他一眼，那样的爱情多动人。

然而很突然地，这个摊位在某一天莫名地消失了，无影无踪，无痕无迹，仿佛从未曾在这个城市的夜里出现过。起初我以为是城市建设管理的原因，叹了一口气，便也没有再多想。

大概又过了一个月，节气已入深秋，一天晚上，我又见到了这几张折叠的桌子，和那口滚着沸水的大锅。我欢喜得不得了，跑过去像往常一样落座，点了我爱吃的韭菜肉馅儿的饺子，四处张望着这久违的温暖。但不一会儿我便发现，与往日不同，今天只有老板娘一个人在里里外外地忙活，擀面皮，包馅儿，下饺子，客人们也仿佛都约定好了似的，谁想吃什么，吃多少，都是自己动手从锅里捞，吃完把饭桌擦干净，餐具收拾好，放下钱，默默离去。

我为这井然有序的沉默而困惑，心里甚至涌动着某种说不清楚的撼动感。我走上前去询问，老板娘短短数语的回答间，我才意识到，这个家庭已经遭遇了天崩地裂般的灾难。

一个月前，三十二岁的振华感到胸部疼痛，很不舒服，当时他没当回事，以为是小问题。盈盈催他去医院检查，医生说可能是肺结节。住院观察了两周后仍不见好转，他们又转到了大医院，再次检查，医院通知他们已是肺癌中晚期。

生活窘迫，一段短暂喘息的时间对他们而言都是奢侈。振华妈妈从老家赶来，盈盈白天在医院照看，晚上由婆婆负责，她一个人回来支摊儿挣钱。消息渐渐在客人中间传了开来，大家来吃饭的时候，有大姐默默挽起袖子帮忙包饺子，有小哥跑来跑去做义务的服务员……

这便是我时隔一个月后眼前再看到的景象。

三年来，我一直与振华一家保持着联络。三年后的今天，我正在写书稿，收到了盈盈发来的一封长信：

啸南老师，振华今天入土为安了，我跟您说一声。他葬在他父亲的墓旁，也算是了了他生前的一桩心愿。

三年来的日日夜夜好像一场大梦，我和振华没有什么本事，也从来没有什么大的想法，就是想过一个普通人普普通通的生活，靠我们的两只手吃饭，老天爷却连这样的机会都不给我们，真是不公平。

他最后的这些日子，最放心不下的是我婆婆。他跟我说他最大的遗憾就是不能为妈妈养老送终了。“以前我妈还老说我，将来有一天她要是走了我该怎么办，没想到命运太残酷了，现在白发人送黑发人，我先走了，我妈该怎么办？”他平时都是乐呵呵的，只是一聊起妈妈，他就会抱着我痛哭。这期间他一直在张罗着为我婆婆相亲，发生了很多有趣的故事。我们见到了很多有意思的老人家，婆婆一开始心里是拒绝的，眼光也很挑剔。直到李叔捧着一大束红玫瑰来医院看她，看着婆婆笑得合不拢嘴的样子，我们都知道，要托付的人就是李叔了。振华还给他们举办了一个像模像样的婚礼，虽然简陋，但那天来了好多好多的人，亲戚朋友们都哭了，大家不全是悲伤，也有感动。振华到最后也放心了，李叔对婆婆是真的好。妈妈有人照顾，老人家也接受了人生的无常，一家人在一起度过了最后的时光。

我公爹年轻时和婆婆离婚了，去了别的城市，振华说他心里一直怨恨他爸。直到后来他爸去世了，振华的心结都没有解开。反倒是他躺在病床上的那段日子，经常跟我回忆起小时候和爸爸相处的很多画面和故事。他说爸爸特别爱干净，衣角裤脚永远都是整整齐齐的。虽然家里很穷，但爸爸每天都要买一份报纸回来看，村里人都取笑爸爸是个干农活儿的文化人。爸爸总是喜欢把他扛在肩膀上，有一次他摔倒了，爸爸跟他说，摔倒了不怕，男子汉要不怕痛，自己爬起来……那时振华是笑着跟我说的，他说他这次也不怕痛，但是他拼了命也再爬不起来了……振华说，在生命的最后，他才意识到，他曾经那么想摆脱他爸的影子，却越活越发现自己最终活成了爸爸的模样。他似乎是背负着爸爸的影子，重复着爸爸的足迹。有一天晚上他流着眼泪跟婆婆说他想他爸了，婆婆握着振华的手一直跟他道歉，说她不该总是在孩子面前说他爸爸的不是。我婆婆也愿意他和爸爸葬在一起。

经过这三年，我也完全变了一个人一样，成长了太多。大恩不言谢，您对振华的帮助，对我们一家人的帮助我都记在心里。我一定会好好活着，带着振华的那份儿一起，您放心。

随信附了一张照片，是他们全家的合影。叔叔穿着黑色的西装，打了紫红色的领结。振华因为化疗戴了一顶紫红色的帽子，和叔叔的领结巧妙地搭配。盈盈一身大红，笑意盈盈地站在一旁，挽着振华的胳膊。阿姨一身轻柔的洁白婚纱，腼腆地看着镜头，那一刻的幸福藏匿不住。阿姨说，这身婚纱，是振华对她余生所有的守护与陪伴。

为人子女，总是忧心于父母某一日终会老去，终将离别，我们又该如何面对？却不承想，命运无常，苍天无情，也有人青丝黑发年华正好，却不得已要和这个世界先说再见。

我看完后有很多话想和她说，却又不知该从何说起。打了许多许多的字，在发送前的一刻又全都删除了，只回了她四个字：“好好活着。”

为父亲建造的小花园

人们常说父母对儿女的爱大多是无私无悔，但儿女对父母的爱却是有折扣的。这其实是一件将心比心的事。绝大多数的父母，他们倾尽所有，把最好的东西都留给了孩子。而绝大多数的儿女，又何尝不想把这世间最美的风景、最好的东西也都让父母看一看。

清代诗人蒋士铨在《岁暮到家》中写道："见面怜清瘦，呼儿问苦辛。低徊愧人子，不敢叹风尘。"面对父母的爱与付出，我们时常觉得愧疚，自责做得不够多，不够好。年轻时面对生活往往自顾不暇，疲于应对，等稍微成熟了，有了一些积蓄和能力时，却发现父母已经老了，一身大大小小的疾病，头发白了，走不动了，甚至更痛心的是，他们中有的人，已经离我们而去。"子欲养而亲不待"，何止是"遗憾"两个字说得清，道得明的。但无奈，这就是人生。

活着本身就已是一件耗尽心力的事，深埋在内心的那些孝敬父母的念想很多时候愈发力不从心。在精神与灵魂层面关照父母的老去，更是一件极为奢侈的事。所以当我看到李琴的故事，心中不仅是感动，更多的是感慨与敬意。

那天，我在微博看到一个热搜，主题是“十年植物人爸爸，女儿为他建了一个小花园”，讲的是河南焦作一位名叫李琴的农村女孩儿十三年如一日地照顾植物人父亲的感人故事。

故事里有两处细节紧紧地抓住了我的心，一是她每隔几个小时就要给父亲翻身、拍背，每天夜里几乎只能断断续续地睡三四个小时。人们常说“久病床前无孝子”，我自视为一个孝顺的儿子，但扪心自问，十三年的坚持，如果换作自己，我能做到这些吗？这是一份怎样的情感与毅力？她自己的身体又能否承受？

还有一处细节，她为了让爸爸保持精神愉悦，在农村的院子里自己动手建造了一个植物园，一年四季花开不断，让爸爸每天都能看到生命的鲜活。我钦佩这位农村女孩儿不俗的举动与对心灵美好的追求，也好奇她背后有着怎样的成长经历与人生故事。

这条热搜视频是由梨视频发布的，我满怀着感动与追问，委托梨视频的总编辑李鑫先生帮我寻找这位女主人公的联系方式。不一会儿，李鑫大哥便发来了拍客王书分导演和女主人公李琴女士的电话。当天晚上，我们进行了三个多小时的通话。

通话的过程中，我很少说话，几乎沉默。她讲完一段经历，发觉我没有丝毫声响，问我还在听吗。

我沉默，是因为这个故事对我的冲击远远超出了我的想象。

我童年时虽然也遭逢家庭变故，家境也陷入贫寒，但爸妈撑起了一切，我又年幼，并没有太多具体的感知；步入社会后，我做的工作，人们美其名曰“高端人物访谈”，接触的人也确实是人中龙凤，非富即贵，现在想想，其实很多观念都只是停留在浪漫的云端。我也并非没听闻和经历过许许多多平凡人的坎坷和痛苦，但命运如李琴这般艰难，却又如此不屈与坚忍的却不多见。我一时间百感交集，不知从何说起。

李琴，父母和村里乡亲都唤她“丫丫”，一九八一年出生，算起来，今年也四十岁了。

二〇〇五年正月初二，李琴的父亲第一次脑出血；二〇〇七年正月，他第二次脑出血，身体的机能开始逐渐退化；到现在，他身上只剩下了三种功能：睁眼、简单地吞咽、大小便。医生说他已经是植物人了，最多只能活个一年半载。但十三年过去了，父亲依然平安地躺在床上。

李琴的丈夫动过腰椎间盘的手术，不能干重体力活儿，又患有严重的胰腺炎、高血压和糖尿病。因为不堪疾病、家庭负债和接连的变故所带来的重压，李琴的丈夫自杀过两次，一次喝农药，一次吃安眠药，都是被小儿子及时发现并抢救了回来。李琴说，胰腺炎就是不死的癌症，老公最多的时候一年有半年的时间都在住院。她每天过得很揪心，万一老公身体不好，将来该怎么办呢？

二〇一八年，李琴的第二个孩子因为意外事故流产，这给她已经满是重负的生活带来了致命的一击。医生问她是要保孩子还是保自己。她跟医生说：保我自己吧。

“因为我还有爸爸，还有儿子，还有生病的老公，还有欠的债，我什么人都没有办法依靠，他们都得靠我，我也只能靠自己。”电话里，李琴讲到这里突然掩饰不住地号啕大哭起来。“那段时间我终日以泪洗面，我不停地告诉自己，我可能和这个孩子真的没有缘分。”

我在电话这头听着，心也跟着撕裂般地痛。对一位母亲来说，这是多么残酷的抉择。

但她哭了一小会儿便马上稳定住了自己的情绪，仿佛刚刚那巨大的悲伤都未曾有过，又恢复成了那个刚烈女子日常的模样。“周润发的老婆因为孩子脐带绕颈而胎死腹中，她痛苦了七年，我可以超越她，尽快从悲痛中走出来。”

但人终究不是铁打的。

生活接连发生巨大的变故，那段时间李琴整个人都不知道自己该如何活下去。面对重度的抑郁症和失眠，她只能靠去县城里的人民医院和精神病医院买来的安眠药让自己每天迷迷糊糊地睡一会儿。她告诉自己不能倒下来，因为爸爸。

在讲这些经历时，李琴一会儿哭一会儿笑。她自尊自爱，坚忍倔强，不屈从于命运，对生活抱有希望与感恩。

谈及丈夫，她满是感谢。丈夫家里也很穷，初中没毕业就外出打工了。他兄妹三个，上面有一个哥哥一个姐姐，因为家里太穷，没有能力给他置办婚礼，他只能来李琴家做起了倒插门女婿。

李琴和丈夫两人只见了一面便定下了这门亲事，媒人塞给她一张红字条，上面写着丈夫的姓名，今年多大了，哪个村的。结婚前，她对丈夫的了解只有这么多。第三次见面，男方骑着一辆借来的破旧自行车进了女方家，前面车筐一个塑料袋里带了自己的两件衣服，那是他唯一的行李。那一次来李琴家之后，他就再也没有回过自己的家。

李琴说，丈夫对她特别好，对她家人也特别好。不外出务工的日子，他便在家里帮她照顾父亲，任劳任怨，默默帮她承担了许多。

谈及儿子，她更是骄傲。孩子八九岁时就能自己照顾爷爷，每天都会帮妈妈做饭。十一岁时，他还没有爷爷高，就能一个人抱着爷爷上下床，每天帮妈妈给爷爷端屎端尿和喂饭。儿子也问她："为什么我要承受这个年纪不该承受的痛苦？"李琴和儿子说："我们应该感谢这些磨难，他带给你的是成长，让你更成熟。生活就是如此现实，无序是人生的常态，你只能坚强地走下去。"

谈及亲戚邻里，她满怀感激。她说自己与姐姐和妹妹关系都很好，两个姐妹也过得不容易，她们每个月都会给父亲生活费。她说村里超市旁边有一家早餐店的老板，是一位卖鱿鱼豆腐汤的老爷爷。每天到中午十一点的时候，老爷爷都会默默地把那些没卖完的豆腐汤、八宝粥给李琴打好包，让她带回去给爸爸喝。镇上有一位善心的领导听说了李琴的事，找到了县里勤奋中学的郭翠花校长，资助李琴的儿子上了三年的中学。李琴说："三年初中也得好几万块钱，对那时已经没有一分钱的我来说，这份情谊比天高。"

也许有些痛实在太痛，有些苦实在太苦了，也或许是因为她坚守着最后一分强烈的自尊，她回避了一些话题，也掩藏着一些细节。我无意深究。坚强乐观的背后，委屈和脆弱或许才是她最真实的情绪。我能感受到，她那些欲说还休，言浅意深的伤痛。

二〇一三年，李琴的妈妈也离开了人世。李琴说："妈妈走之后，我觉得整个世界都抛弃了我。"那段时间，除了她七十多岁的姑姑时常来看看她爸爸，没有任何一个人愿意过来跟她多说一句话。

她说，在农村，我一出门就会有人在背后对我指指点点。他们说，千万别借钱给我家，那就是个无底洞；他们说，老头儿真可怜，我妈妈走了，我爸爸一定也活不过几天；他们说，我就是一个扫把星，克夫克父。

从那一刻开始，李琴便看透了人间冷暖，世态炎凉。

整整两年，她和爸爸在无声的世界里度过了沉默的两年。她开始在自己的家里收拾菜园子，种植了二十多种蔬菜、水果。“人情债是最难还的，经历了这么多，借钱是最考验人性的。我不想让别人看不起。我自力更生，为什么要去跟别人要？”李琴话语中带着坚强，也带着些许激愤。

那两年，李琴每天出门都坚持化个淡妆，涂个口红，穿着别人送给她的衣服。虽然是别人的旧衣服，但她依然洗得干干净净，打扮得意气风发。

有邻居笑她：“我们在农村生活，丫丫你还每天涂口红。”她回：“因为我要打扮给爸爸看，我没有被生活打垮。”

就这样，李琴每天带着父亲走村里的那一条泥土路，在路边看野花，去村头看夕阳。

“七年了，我们每天走这条路，每天走每天走，走了七年，两千五百多天，村里的人终于不再说我爸会被我照顾死了，也没有人说我是扫把星了。”电话里，李琴语气倔强，声音哽咽。

我问李琴：“你埋怨过父母吗？”

她毫不犹豫地回答：“怎么会？也许父母没有能力，不能给我想要的生活。但这不是我埋怨生活的理由，我也不能因此逃避自己的责任。可能大家都觉得是我为爸爸付出了很多，其实恰恰相反，反而是爸爸给我的生命带来了更多的礼物与力量。你知道吗？一回家看到爸爸在，那种感觉真的特别特别好。有爸爸的孩子，就很幸福。”

父亲对李琴的影响是一生的。

李琴的父母都是老实本分的农民。妈妈朴实能干，大家都称赞她是干田地农活儿的一把好手。但父亲却给年幼的李琴树立了一个不一样的人生榜样。爸爸长相帅气，英俊潇洒，她记忆最深刻的是，她的爸爸永远都穿得特别干净，特别整齐。在二十世纪八十年代的农村，每天都坚持穿西服打领带，这是一件很了不起的事。从小，爸爸便是她心中的男神。

在农村，家里没有儿子是一件会被人看不起的事。妈妈一共生了三个女儿，时常会自己偷偷难过，但爸爸从来都不觉得这有什么，对三个女儿都极为疼爱。高中毕业的爸爸特别有思想，他每天都会鼓励妈妈，要抬起头来做人。

父亲的责任心与善良也深深地影响着李琴。她记得小时候，农村中的大家族观念特别重。爸爸是李氏家族几百口人的族长，以前每年过年，村子里姓李的小辈几百人都会来磕头拜年。李琴一直记得一件事，他们村里一位没有儿女的老人家活到了九十多岁，家里的土房子塌了。李琴爸爸找到村里的老村支书以及李氏家族的几个大门户，挨家挨户地组织村里人捐木头、捐石头，给老人盖了套大房子。老人和李琴爸爸说，就算他到了阎王殿，也不会忘记报答他们一家人的恩情。

所有关于父亲的回忆都是那么美好与烂漫。每天放学之后，李琴姐妹三人，一个洗碗，一个喂鸡，一个喂猪。家里种了十几亩的洋葱，地长五百多米，从一条河跨到另一条河，三姐妹蹦蹦跳跳地跟在爸爸的身后，一棵一棵地拔地里的蚂蚱菜，一条一条地捉青虫、花虫。那一望无际的洋葱地、棉花海，是她辛苦却无比幸福的童年。

父亲病重后，几次都在生死边缘徘徊。最严重的一次，他的血压都没有了，但最后老人还是凭着毅力活了下来。医生说这是个奇迹。

"我爸睁开眼睛那一刻，我觉得人生有什么过不去的呢？活着太珍贵了。"

"在医院，我一个人照顾爸爸。我需要把我爸从床上搬到轮椅上，再推他到康复科锻炼。但我爸爸一米七二的个子，一百三十多斤，我才九十多斤，搬不动，怎么办呢？当你觉得生活中没有一个人可以帮到你的时候，你心里一定要跟自己说，我一定可以，我拼尽全力一定可以。然后我就一边拖着我爸，一边哭着跟我爸说，今天我可以抱动你，以后的每一天我都一定可以做到。我爸当时就掉下了眼泪，他虽然没有表情，但是他感受到了我。我就感到了希望，也感到了巨大的责任，我觉得我爸从此就离不开我了。我一定要把爸爸照顾好。"

李琴一直坚定地认为爸爸是有意识的。他虽然不能说话，不能动胳膊腿，也不能表达，但她仍然要每天陪他说说话，聊聊心事，一起看电影、听电子书。李琴说，她现在就是把爸爸当成一岁的孩子，不能让他的思维停止，否则他就是真正的植物人了。她需要给他一些能量，她会告诉爸爸应该如何面对死亡，如何过好当下的日子。他们一起看新闻，一起看花园里的花花草草和小鸟、小兔子，一起听书，到现在，她已经和父亲一起听过二百多本电子书了。

“爸爸病情稳定的那两年，我白天上班，孩子去上学，家里便太冷清了。我想生命总是会给人力量，给人生机，爸爸看到它们也会幸福。我就慢慢开始拾掇家里的菜园子，除了各式各样的蔬菜，我也会种上一些五颜六色的彩椒、草莓和樱树，花期到来时，漂亮极了。”李琴在电话里“咯咯”地笑，“镇上装饰街道的小菊花、鸡冠子花，我也会去讨要两盆，连着山里的一些野花，到了第二年生了种子，就会开得满园春色。渐渐地，各种各样的花花草草都在园子里落地生根了，园子也越来越大，我还养了许许多多的小动物，从前被生活所迫而拾掇的小菜园，现在成了父亲快乐的小花园。很多乡亲也会慕名来观赏，热热闹闹的，爸爸开心，我也开心。”

“我每年也带着爸爸旅行，去洛阳看牡丹，去开封看清明上河园，山爬不上去，我们就在山脚下看看也挺好。有钱有有钱的活法，没钱有没钱的办法。身体健康有健康的办法，不健康也有不健康的方式。”说到这儿，她倒是真的笑得知足。

我问：“这么多年情深义厚的生命相伴，想过父亲离开的那一天吗？”

她安静地说：“爸爸今年六十三岁，他四十八岁那年就生病了，一病十五年。因为我们已经经历过太多次死亡，我现在要做的就是在他离开以前，好好地陪伴他。就算他是植物人，我也想尽力让他像一个有灵魂的人那样，体面地活着。”

生命是独立的美丽

人生经验浅薄。

以往，我总以为天下父母大都是一个样子，舐犊情深，人之常情。年岁渐长，才知不过是我幸运，这世间父母愁，儿女怨，数不胜数。

朋友秋说：“我应算是这其中的大不幸。”

秋生得漂亮，像她的家乡，山绕着水，水绕着山，袅袅婀娜。

“我十六岁离开我们村子，妈送我到村头，我爸连来都没来。我坐着村里一位乡亲的拖拉机到了县里，又从县里坐大巴到了市里，在一家餐馆找了份洗碗的工作，从此离家，一别就是六年。”秋穿着一身利落的时尚工装，靠在软白的皮质沙发里，言语脆硬，感受不到任何情绪。

我却听得有些讶异：“一别六年？什么意思，六年没回家吗？”

“没有。每个月都会往家寄钱，偶尔也会打个电话，但没回去过。后来我交了一个男朋友，跟着他去了北京，就更不方便回了。”秋摆弄着自己的手指，抬眼望了望我，带着些许自嘲的笑意，“当然，这也都是借口。我不回去，他们也不想我。寄钱就行。”

我第一次认认真真地打量起这位女企业家。

我们相识数年，她比我年长近一轮，既有女性企业家的果敢和霸气，也常有感性文艺的一面，算是很聊得来的朋友。但父母，却是第一次听她提起。

短短几句话，两次提到了钱。我意识到，秋看似淡然自若的状态下，藏匿着一个复杂而刺痛的故事。

“所以你认为，你爸妈只是爱你的钱，不爱你，是吗？”和秋，我想不必弯弯绕绕，便直接问。

她身子侧对着我，在摆弄她桌上的绿植。我见她怔住了，半晌不动。“也许吧。”她许久才诺诺地应了一句，不知是对我说的，还是对她自己说。

秋，家中排老二，上面有一个姐姐。

父亲重男轻女，一直想要个儿子，但母亲第二胎又生了个女儿。母亲问起个什么名字好，父亲闷着头蹲在院子里说，随便吧。

母亲没念过书，想是秋天生的，就叫秋吧。

秋说，与大姐不同，她是带着原罪来到这个世界的。大姐是头胎，父母觉得还有盼头。怀秋的时候，母亲特爱吃酸，农村人讲酸儿辣女，父亲听得高兴，天天换着法儿地给母亲弄酸的东西吃，结果一生下来还是个丫头。

秋的记忆里，父亲从没有抱过她，连好脸色都很少。直到弟弟出生，她才知道原来父亲也是会疼人、会讲故事，甚至是会哼歌的。

“你知道冰冷可以有多冷吗？”秋问我，还没等我回答，她径自地说，“小时候，弟弟犯了错也会被哄着，大姐犯了错会被父亲打骂。我经常故意犯错，他却从不理会我，像没看见一样。我宁肯他们打我骂我，那样至少活得还有些人气。但连这些都没有。我在这个家中就像不存在一样。那种冰冷，是窒息的。”

秋学习成绩不错，但到了弟弟上学的年纪，家里供不起，秋不得不辍学。大姐在家帮忙种地，秋不想继续待在这个对她冰冷的家里，她跟母亲说，要去城里打工赚钱。

从成都到北京，这个四川姑娘，咬着牙熬过了生活给她的所有黑暗与挑战。她靠无尽的努力和坚忍扭转了命运，如今已成为一名成功的女企业家。秋说，我赚到钱后，第一件事就是给爸妈买了新房子，给他们买衣服，出钱给他们报旅行团。

“我就是想告诉他们，当年他们最轻视的那个孩子，如今反而是最孝顺的。”秋低着头，声音却清亮，“我就是想证明，他们错了，全都错了。”

但生活从来没有剧本。

比来不及表达的爱更痛苦的是，你根本没有机会理清一切。

二〇〇八年，汶川大地震，秋的父亲母亲，在这场灾难中双双离世。

如鲠在喉，如刺在心。

秋已经记不清，十几年前的那天，她接到大姐的电话时，究竟是一种怎样的心境。悲痛吗？崩溃吗？恨吗？委屈吗？不甘吗？

那年盛夏，秋终于回家了。

那个阔别了二十多年的家乡。

大姐远嫁，弟弟在外打工，都躲过了一劫。三兄妹忙完父母的后事，坐在村头的山包上。那是他们儿时的游乐场，捉迷藏、丢手绢、荡秋千……

曾经的快乐，已是山河破碎。

三人望着远方，弟弟说：“二姐，家里对不起你。”

秋的眼泪像瀑布，顺着山包滚下去，冲刷着这破败的村庄。

秋去大姐家住了几天，姐夫待大姐很好。晚上，俩人像小时候一样窝在一床被子里，并排躺着，四只眼睛瞪着窗外皎洁的月亮。

大姐一晚晚地跟秋讲父母的故事。“妈是爱你的。”大姐说。

“可是她更爱弟弟。”秋回。

“那她也是爱你的，你得理解她。我们都一样。”大姐语气沉缓。

“那爸呢？”秋问。

大姐迟迟没有回答。

沉默像这个夜一样，深得看不到远方。

在后来绵长而煎熬的日子里，秋时常回想，母亲也许是真爱她的，她的棉衣都是母亲一针一线缝制的；虽然家里有什么好吃的都要尽着弟弟，但每次母亲还是能像变魔术一样，不知在哪儿藏了一小碗偷偷拿给秋；秋坐在拖拉机上离开村子的那天，她似乎听到母亲跟她说过：“当妈的对不起你。”

只是记忆太遥远了，也太恍惚。秋只模糊地记得那个身影，那个矮矮的、小小的、木讷的、懦弱的、沉默的女人。

而关于父亲，这个男人，这个最熟悉的陌生人，她到底还是一无所知。且此生再也没有机会去问一问，他到底在想什么，他是个怎样的人，他为什么一丁点儿都不爱她，这个可怜的二女儿。

秋说，这么多年来，她一直以为，自己和父母就如同沙漠中的仙人掌，截了一段下来，各自生长，彼此便毫无关联。

直到办理离婚手续的那天，前夫跟秋说：“你以前总抱怨你爸妈这样那样的不是，但你在感情中却总是在重复他们的错误。慢慢学会和他们的错说再见吧，你得允许自己过得更好。”

秋愣住了，一个人坐在民政局门口的台阶上呆怔了许久。

她突然想起前夫以前反复抱怨的那些事。过往，只要两个人一有矛盾，秋就会把自己封闭起来。既不吵架，也不沟通，冰冷着脸，能持续大半个月，直到前夫反复认错求饶。这不正是她童年所遭受的冷暴力吗？不正是父亲对待她的方式吗？

意识的阀门一旦被打开，迷局瞬间变得清晰。

秋发现自己在情感中的很多自我甚至自私都藏着父亲的影子，在感情中遭受痛苦时的躲避和懦弱与母亲如出一辙。

她竟然在无意识而又深刻地重复着父母的错，那些原生家庭的模式、曾经伤害过自己的言行，都在她身上自然又意外地流淌成河。

“那段时间我经常去看心理医生，”秋看着我，“你是做人物访谈的，你猜我那时候在想什么？”

“你在痛苦，从头至尾，你究竟做错了什么？为什么要承受这么多不幸？”我也看着她的眼睛，认真回答。

一颗流星从她眼中滑过，她低下头。

也许，所有子女都犯了一个错误——父母被我们神化了。

儿时，他们是我们心中的天，他们无所不能，他们就是一切。

等我们长大了，才渐渐明白，他们也是在跌跌撞撞中摸索如何做一个好父亲、好母亲。

又过了许多日子，我们也要开始学习为人父母，又发现，真的就像是小时候上学那样，有人考出了好成绩，有人确实会不及格。

有的父母，他们缺乏知识，不懂方法，做得很糟糕，但只要爱是真实的，时间总会让你感受、理解和体谅。

有的父母，他们面对不同的子女，即便都深爱，但人性使然，总会让他们潜意识里更偏向一个，而“冷落”了另一个，就像父母两个人在我们心中也会有些微妙的差别一样。

有的父母，他们真的就是不及格，甚至连分内的爱都没有，那就勇敢地认清并接受这个现实。但不要因他们的错而绑架自己，也要学会与他们的错慢慢分离。

生命不是谁的延续，它就是独立的美丽。

秋说，我用了四十多年的时间，才慢慢明白了一个道理：

不要用他人的错误惩罚自己，即便这个“他人”，是父母。

我爱你，仅此而已

有些离开只是物理意义上的一瞬间，而许多真正的告别，是在一个人走后的很多很多年。

认识阿新是在一个投资人论坛上。我是主持人，他是嘉宾之一。阿新年轻有为，高高大大的个子，俊朗的面孔，活动一结束，很多女记者围着他采访，受欢迎的程度可见一斑。

活动顺利，也聊得愉快，便加了微信。此后彼此偶尔相互点个赞，也并没有过多的交集，不过是又一个停留在通讯录里的陌生人。

有一天晚上，忽然收到他发来的信息："今晚在回家的路上，听了你的节目。"

是北京交通广播的《蓝调北京》。那段时间，春晓姐邀请我每周五晚到《蓝调北京》做固定嘉宾，这档节目已经十八年了，是国内历史最悠久的电台节目之一，我一直很喜欢它那轻轻柔柔的氛围，仿佛是一位安详慈悲的老人，一直在北京的夜空中静静地守护着这座城市里每一个漂泊、孤独、欢喜的生命。

那期节目聊的正是我带父母旅行中的故事和感触，他特意发来信息，我想，一定是有什么触动了他。

看到信息时，已是夜里十点多，我刚刚离开北京人民广播电台大楼，漫步在北京的夜色里。这是我的习惯，每次录完节目，只要天气尚好，我都会一个人漫无目的地走一走，什么也不想，只是默默地看看那些陌生的脸庞，嗅一嗅路边的新叶和小草的味道。

我回了一句："怎样，此刻你感受到的是幸福还是难过？"

我喜欢与陌生人间的这种对话，那是一种遥远的熟悉，望穿的诗意，直达生命底色的回声。

微信上，显示他正在输入，但过了好一会儿，才发过来一行字："今天是我妈的忌日。"

猝不及防，我的心也跟着被划了一道口子。

虽然并不清楚他的故事，但我能感受到那巨大的压抑的痛。

我停下脚步，坐在马路牙子上，犹疑了几秒，把电话拨了过去。

他拒绝了。

紧跟着发来一条信息："你在哪儿，我去找你方便吗？"

"在马路边，电台门口一直往东走的路上。"我也不知道我走到了哪儿，抬起头，一片柳叶从树上摇摇晃晃地坠落，像一艘小船。

他到了。两个人连寒暄都没有，仿佛认识了很多年的老朋友。

他走过来，坐在我旁边，低头捡起了一片树叶，在手指间反复缠绕。

他无声，我也沉默，只是安静地陪着。

“我妈走的时候，留了一张字条，就写了一句话。”他沉着声音开口。

“她说什么？”我依旧低着头看那片落叶，也没看他。

“她说这样走得干净。”他的五官仿佛被刀刻过，脸色深沉得可以隐藏一切。“我妈是跳河自杀的。”

阿新的妈妈，是怀着阿新嫁给他爸爸的，准确地讲，是他继父。

小时候他并不知道这一切，只是觉得父亲经常酗酒，喝多了就会动手打他母亲，一次父亲动手时把家里的扁担甩在了母亲脸上，母亲那漂亮的脸自此就留下了一道长长的疤。父亲嘴里骂骂咧咧：“你这个不干净的女人，脸划了也不能勾引男人了。”

母亲永远都是隐忍沉默，实在疼得受不了了，大颗大颗地掉眼泪，但就是不哭出声。

但父亲从来没打过阿新，待他像亲儿子一样，每天把他扛在宽厚的肩膀头，连下地干农活儿也要扛着。酒醒了，父亲便一直向母亲道歉，求她原谅，说不知道怎么了，就是控制不住自己。母亲总是拍拍父亲的背，很少说什么。但每隔一段时间，父亲又是酗酒回来，把家里弄得一团糟。

一直到念初中，一次阿新和同学打架。那个小男孩指着他的鼻子说："你就是野种，你妈是被人强奸的。"阿新气得跑回家，父亲竟然去学校把那个孩子揍了一顿。

对方家长找到学校，阿新被迫转学。

他说："从那以后，我就明白了一切。明白了我爸为什么喝了酒和平时完全像是两个人，明白了我妈为什么永远都是沉默。"

转学后，阿新要求住校，一直到念高中、大学，大学毕业又争取到了去国外留学的机会，十几年，他回家的次数屈指可数。

直到他母亲跳河自杀。

阿新讲他的故事，仿佛是在描述一部电影，又仿佛是在讲别人的故事，平静得甚至让我有些不知所措。"你，心里怎么想你母亲？"我小心地问。

"我妈，很伟大。"他转头看了看我，"你一定觉得我太理性太冷静了，"他又长出了一口气，"我知道，她一切都是为了我。这么多年了，每年她的忌日我什么都做不了，只能这样一个人坐着想，一想一整天一整宿，想我妈到底是一个什么样的人，想我以前怎么那么浑蛋，为什么不去救她一把。"

母亲头七那天晚上，阿新和父亲，两瓶二锅头，一碟花生米，坐在炕头，两个男人，这辈子第一次认真地说了说话。“你妈就是被我气走的，也是被村里这些年的风言风语逼走的。”父亲喝了一口，“你妈天天想你。”

阿新低着头，眼泪吧嗒吧嗒地往下掉，砸在碟子上，响亮清脆。

阿新用了很长的时间拼凑自己的故事，也是母亲的故事。

母亲和父亲谈恋爱时，常常去给在工地上干活儿的父亲送饭。一次回来的路上，她被人强奸了。这个人的名字，随着母亲的落水，也一同永远地沉溺在这个世界上。

后来母亲发现怀孕了，她告诉了父亲，父亲让她把孩子打掉，但性格倔强的她坚持要把孩子生下来，自己一个人带大。父亲最终妥协，给孩子取名“阿新”，意为“新生，重新开始”。

“其实我以前很想知道，自己的生父到底是谁。”阿新抬头看了看远方，跟我说。

“现在不想了吗？”

“不想了。不重要了。这些年我想明白了很多事。以前，我总是逃避，逃避我妈，逃避我爸。我妈觉得我怨她，看不起她，其实我没有，我给我妈写过信，我只是不知道该怎么表达。我没有看不起她，她走了，我没能救她。你知道吗？是我太自私了，我没能救她。”他边说边哭，哭声越来越大，身子抽搐起来。

“你的信阿姨看到了，她理解你的。她可能只是活得太累了，也可能是在抑郁里走不出来。”我坐在旁边，轻轻拍着他的背，“但她一定希望你好好活着，你是她付出了一辈子想护住的人啊。”

我真的理解他，他也是个无法选择命运的孩子，后来也在努力地慢慢长大。

也许心底的伤是巨大的，但终会过去的。

长长的夜，我们两个大男人坐在马路牙子上，聊了一个通宵。

大概隔了一年，我收到了他发来的一张照片，他左手揽着一位笑得温暖的女孩儿，右手拥抱着一位露着两排不怎么洁白的牙齿的大叔。

随照片，还附了长长的一段话：

吾友：

与你分享。照片中一位是我的女朋友，一位是我爸爸。

还有一个消息你听了一定更高兴，我也要当爸爸了。

自上次我们聊了一夜后，这一年多的时间里，我也想了很多。妈妈已经走了，我没能与她好好告别，这是我永远不能抹去的遗憾。但我知道她多爱我，多希望我幸福。所以我得带着她的那份幸福一起好好生活。

我把我爸接到了北京，他住了一段时间，还是适应不了这里的生活，又回去了。但我们一起生活的这段时间，我觉得我们爷儿俩都敞开了心，这次回老家的时候，他整个人都不一样了，很开心。我给他买了很多好酒带回去，他自己反而开始注意身体了，喝得很少。

妈妈今年的忌日，我是在老家过的。真的是奇怪，过去那么多年，我都能梦到她。今年的忌日，我却没有梦见她了。我茫然了好长一段时间，她再也没有到我梦里来过。

我想，这次她可能是真的要跟我说再见了。

我心里有一种感觉，我的孩子，是我妈妈投胎转世来的。我一定好好教养她，不要让她像她的前世活得那么执拗，也不要像我以前那么懦弱，要活得明白、快乐、自在。

这是对妈妈最好的纪念吧。

我看了好儿遍照片，还认真地研究了一下未来嫂子的肚子，他怎么就知道一定是个女儿呢?

我心里乐。

但我还是给他回了一段诗，是海桑诗集《我是你流浪过的一个地方》中《写给女儿的诗》中的一部分：

你不是我的希望，不是的

你是你自己的希望

我那些没能实现的梦想还是我的

与你无关，就让它们与你无关吧

你何妨做一个全新的梦

那梦里，不必有我

我是一件正在老去的事物

却仍不准备献给你我的一生

这是我的固执

然而我爱你，我的孩子

我爱你，仅此而已

你不是我的财富，不是的

如果你一定是财富

那你是时间的财富，是未来的财富

你如此的宝贵，我怎能占为已有

一直以来，我都不愿意承认

其实在生命的意义上我们都是奇迹

就像未来不会比现在更重要

你我也只能是对方人生的某个部分

然而我爱你，我的孩子

我爱你，仅此而已

你甚至不是我的孩子，我是说

当神明通过我将一口生气传递给你

我想我愿我又怎能做你一生的保护神

总有一天，我将成为一种无用的东西

我看着你看着你，却无能为力

然而我爱你，我的孩子

我爱你，仅此而已

我爱你，仅此而已

然而我爱你多些

就像我父亲爱我多些

事情只能如此

这首诗，算是给他，也是给他女儿的一份礼物吧。我反复念了几遍，心里想，也算是给我，以及未来我的孩子的一份礼物吧。

我们来到这个世界，有缘成全父母子女一场。

我们是各自不同的生命，在相互了解、相处、理解、原谅和爱恨之中理解人生，完整自己，也滋养着对方。

然后我们各自长成自己最好的样子。

这就是我们在这个世界上的缘分，也是我们唯一能为对方做的事情。

话说，自上次深夜促膝长谈，我和阿新中间一年多都未曾再有联络。

有些情分，天高海阔。

人一代一代，就是一个循环。

生无悔，死无憾。

父母活着的时候，我们多多陪伴，把父母当作鲜活的生命去体会。在他们离开以前，把他们还原成跟我们一样的普通人，了解他们真实的人生过程，理解他们年轻时的阵痛、性格的残缺、曾经的爱恨。

如果父母已离去，那就让自己带着他们生命的印记和对照活成更好的自己吧，不要让遗憾成为更大的遗憾。

也许，与父母真正的告别，并不在他们离去的那一刻，而是在之后很长很长的日子里，你终于成为一个独立、平等而完整的人。

老去

02

青春从来不晚。

请你们为自己而活。

让我们各自精彩。

这是我们父母儿女一场，彼此间最好的命运与馈赠。

时间不等人

意识到爸妈老去，是一个模糊而漫长的过程。

第一次有这样具体的感知，是十四年前，我出发去济南念大学的那天。

舅舅开车送我和我爸去火车站，村子里的街坊邻居都来送行，大家左一句叮咛右一声嘱咐，热热闹闹中，青涩的我意识到自己要去一个很遥远很遥远的地方，有些茫然，有些期待，也有些恐惧。

妈给我准备了六个大包的行李，我坚持只带一个皮箱，她却像雨前忙碌着搬家的蚂蚁，左右摇晃着那略显圆润的身体，自顾自地来来回回，连拖带抱，硬生生地把大大小小的包裹都塞进了舅舅的车里。又叮嘱我爸，哪个包里是贵重的物件儿，去济南的路上一定要小心照看，别被贼偷了。爸站在一旁一直愣愣地点头，像个没开悟的和尚。

临行时，妈又要逐一把包裹拆开来说要再检查一遍。她一边拉开一个军绿色大提包的拉链，翻着里面的衣服，一边扭着头跟我说："你看着，这里面一共有九件毛衣和毛裤，应该够你过冬的了。"我敷衍地点了点头。她便麻利地又把拉链拉上，去拆旁边的小包袱。"你看，这里面是换洗的内裤，自己记得换。"

来送别的三姨在旁边站着笑，少年的我觉得脸上有些挂不住了，冲妈大声嚷嚷：

"哎呀，你别翻了，说了不带不带，跟逃荒似的。"说着，我便转身蹿进车里了。

"哪里像逃荒，满嘴胡诌。"妈见我恼了，笑得有些歉意，旋即又笑哈哈地招呼着亲戚邻里。她天生一张鹅蛋脸，嵌了一双美丽的大眼睛，笑起来嘴巴像弯月挂在满是晚霞的天空中。

记忆中，妈妈平日里特别爱笑，总是隔几米远就能听到她"哈哈哈"的招牌式大笑声，也不知道那些贫乏的日子中，哪里能冒出来那么多让人开心的事。

车快发动了，妈突然大喊了一声："糟了糟了，到底是忘了东西。"我和爸还在恍神中，她已经不知何时跑进了院子，又跑了回来，手里拎着一大袋子煮熟的花生。她一只手托着袋子从车窗递给我说："差点就忘了。刚刚煮好的，别烫着，带着路上吃。"

热腾腾的花生冒着滚烫的气，蒸得我眼前发白。妈的脸挤进了车窗里，我望着她，竟感觉有些陌生。

十八年来，这似乎是我第一次这样近地看她，看她的脸。她的眼角已不知何时爬上了皱纹，曾经光滑的额头已藏不住淡淡的褶子，右耳的鬓边几缕青丝也已成了白发。我望着她，妈妈也凝望着我，我在她汪汪的眼睛里，看到了一个泪眼汪汪的少年。

爸说：“走吧，时间不等人。”

车子终究还是开动了。

我坐在车里，整张脸贴在车窗的玻璃上，目光透过车窗看妈妈离我远去，越来越远。她的身影越来越小，我有些困惑，有些懊恼，妈妈怎么就突然变得这样矮小了呢？直到视线里再也看不见她，我才意识到，远去的人原来是我啊，而她只是停留在了原地。

上了火车，爸从威海到济南送我入校。等把我安顿好，天已经渐暗了，落日刚刚垂入山间，几颗淘气的白星已经急不可耐地在湖蓝色的夜幕上眨着眼睛。为了省钱，爸订了当晚回老家的火车票。我送他到校门口的路上，他似乎又想起了些什么，拐弯去了学校的超市，给我在大学刚刚认识的舍友一人买了一袋苹果，挨个放在了大家的桌子上。

我与父亲，在我念大学以前，父子间彼此很少交流。每次放学一回家，我最常跟他说的一句话就是：“爸，我妈呢？”

爸性格内敛，常常沉默，我并不知道，也从来没有关心过他在想什么。来济南的路上，我们坐了一夜的绿皮火车，老式的火车晃晃荡荡，一直摇晃了七个小时，我与他也就这样彼此沉默了一整夜。

送父亲去校门口的路上，我们依然沉默。但那条校园里的小路，我们却走了很久很久。第一次，对父亲，对眼前的这个男人，我心里涌动着一股巨大而微妙的情绪，我想说点什么，却又不知如何开口。

我曾读朱自清写他父亲的《背影》："过铁道时，他先将橘子散放在地上，自己慢慢爬下，再抱起橘子走。到这边时，我赶紧去搀他。他和我走到车上，将橘子一股脑儿放在我的皮大衣上。于是扑扑衣上的泥土，心里很轻松似的。过一会说：'我走了，到那边来信！'我望着他走出去。他走了几步，回过头看见我，说：'进去吧，里边没人。'等他的背影混入来来往往的人里，再找不着了，我便进来坐下，我的眼泪又来了。"

我和父亲走在校园的路上，他在前，我在后，我心里默默念想，这场景是多么相似。我也想目送一次父亲远去，看看父亲的背影。

路并不长，再慢的步子也有终点。送我爸到了校门口，我仍只是缓缓吐出了几个字："爸，路上注意安全。"

爸说："你先回去吧，我在这儿看着你回去再走。"

我的泪水开始在眼眶里打转，只能先转身往回走，一转头，泪就“吧嗒”掉下来了。

走了几步，我停下往回看，爸依旧在那儿站着，穿着卡其色的夹克，宽宽的黑色的裤子，擦得锃亮的黑皮鞋，那是他为了来送我上大学而特意添置的新行头。父亲一动也不动，我突然有些逃离般地加快脚步往学校里跑，不敢再回头。生怕稍慢一些，自己就要被这离别的悲伤吞噬掉。似乎走了好久好久，我又忍不住再次回望他，只见父亲还在那里，只是，他已经变成了一个很小很小的小人了，我已看不清楚他的模样。

这个男人，曾经是我心中的天地，头顶的日月，远望的山海。而那一刻，我才意识到，他只是我的父亲，一个正在老去的男人。

这一次，是我送父亲，但最后远去的依然是我，停留在原地的，还是父亲。

体面地老去

到了三十岁的年纪，爸妈已经奔六十而去了。此时关于他们“老去”的话题已经不再是年少时的臆想，而是摆在眼前的一件又一件具体而紧迫的事了。

比如，作为独生子女，我该为他们的养老生活提前做好哪些准备？将来要把爸妈送去养老院吗？送，是不是得提前了解家乡有哪些养老院，哪家是最好的？不送，他们自己在故乡照顾得了自己吗？来北京跟着我生活他们会习惯吗？他们将来生病住院我该怎样处理工作和尽孝的关系呢？他们一个人先走了以后，另一个人该如何安顿呢？爸妈退休以后该怎么面对他们日渐空虚的老年生活呢？爸喜欢喝酒但已因酒伤身，我要不要强迫他戒酒呢？

这些直白又现实的问题，或隆重或琐碎，就这么一股脑堆在了我面前，我不得不反复思考，早做准备。

这几年给家里打电话，经常会听到他们冷不丁地冒出一句：“隔壁的吴阿姨前两天心脏病复发，走了，她大女儿在国外没能赶回来。”隔一两个月，又会听到：“还记得以前经常和我一起打麻将的老李吗？我前天去超市的路上碰到他了，整个人肿得像煮熟了的茄子，他怎么一下子老了那么多啊？”再过一段时间，我收到妈的微信：“乐，你的小学同学燕燕的妈妈走了。你发个信息安慰安慰她。”

也不知道从哪一刻开始，来自故乡的消息中，关于哪位乡亲或长辈的“离世”成了最常听到的话题。

起初我并不以为意，慢慢地，这些人里出现了曾经熟悉的儿时玩伴的父母，出现了小时候经常被他扛在肩膀上的表舅，直至亲爱的小姨。我悲伤伴以恐惧，忧愁夹杂不安，才意识到，这原来是不可逆的生命历程，我在向中途走去，父母却将行向终点。每每提到这些，爸妈都表现得漫不经心，但我知道，他们其实越来越在意。

比如，妈性格大大咧咧，前些年给他们买的许多维生素、钙片等保健品，她总是不知随手放在了哪儿，等我每次回家查看，许多早就已经过期了。但这两年，她却几次主动提醒我，她的钙片快没有了，爸喝的蜂蜜要买新的了。他们开始有意识地惜命了。

比如，家里突然多出了一个药箱，里面装满了各种感冒、消炎、降血脂的药。他们往日斗嘴吵架的内容也渐渐变得很固定，几乎都是围绕着吃药这件事来的。爸血脂高，需要每天吃药，他自己却常常隔两天便忘记了。每晚到了饭后吃药的时间，妈便会气鼓鼓地扯着嗓门大喊："你能自己记得吃药吗？我反正该做的都做到了，药就放在那儿，你自己的身体自己看着办吧。"

妈怕自己病倒，更怕爸爸先倒下。

再比如，去年春节回家，妈突然神神秘秘地拉着我到二楼我的卧室里，从床底下的抽屉里拿出了两个盒子。打开一看，是这些年我陆陆续续给她买的一些首饰，值钱的，不值钱的，她都用一块块软布包得整齐。她小声地跟我说："我的首饰都在这里了。你要记着。将来要是我走了，你可以拿去换些钱。"我笑她："这能换几个钱，你怎么突然神神道道的？"

妈说她昨晚做了个梦，梦到自己走了，梦里没给我留下什么像样的东西，她就哭醒了。

种种原因，我的童年时期家里负债累累，后来在爸妈的努力下虽然日子渐渐好了起来，但依然算得上清贫。他们又将这清贫里能榨出来的所有油水都给了我，早起的一杯奶，晚睡的一颗鸡蛋，身上的一件新衣……所以当我懂事后，感知到的其实并不是贫困，而是一生与贫困苦苦纠缠的他们为我付出的所有努力与牺牲。这种感知也成为我人生很长一段路程中最重要的支点：我必须同样拼尽全力，以回报他们曾为我逝去的青春。

之于我，为父母养老，首先面临的是物质层面的问题。

给家里买的第一个大的物件儿是一台洗衣机。

从大学一年级到博士后出站，一共二十四个寒暑假。在这十二年里，除了念书，我基本都在兼职打工。

四处面试投简历，寻找可以主持赚外快的机会。没有基础，只能从一些小的商业活动开始。当时有个知名的牛奶品牌要做地面活动推广，我跟着项目组的几位大哥大姐一个月跑了十几座城市。说是城市，其实大多是县城和乡镇。大哥们搭好简易的台子，大姐们四处吆喝拉拢观众，我们每次便热热闹闹地开始。出门在外，窘迫的情况不少，老天突降大雨、大妈来抢传单、工作人员生病等等，这些都遇到过，现在想想，也积累了我日后工作中临场随机应变的能力。但唯有一次，把我逼到了崩溃的边缘。

那天下午，我们在一个小县城如往常一样做活动前的准备。上午搭好了台子，中午却刮起了沙尘暴，天地间泥黄色一片，大家用衣服把脸都包了起来，抵挡这世界的粗糙。

风沙稍小后，带队的大哥说要按计划正常开始，让我们自己人先扮演观众。我知道，我们要完成场次任务，否则这几天就白忙活了。

硬着头皮上台开场。然后，拉小提琴的姑娘上台表演才艺，想吸引更多的人来。迷蒙混浊的空气中，隐约出现了几名手臂文着青龙白虎的裸身大汉，随着他们的逼近，那文身越来越清晰，恍若要从他们身上跳出来吃人。带头的大哥们说："地头蛇来寻衅滋事，收保护费了。咱们不能妥协，要不他们还会再来，变本加厉。你们继续演出，就算咱完成任务了。”

于是，让我瞠目结舌的一幕出现了。

台下观众空无一人，工作组的同事们蜂拥而上，和几名文身大汉混战成了一团，连女士们也都毫不示弱地上了“战场”。台上拉小提琴的姑娘已经吓得掉了眼泪。马上到我上场串词，怎么办？一时间，我也呆若木鸡。

我到底是在平顺的环境里长大，还从来没见过这样的场面。

我永远记得那个画面。

刺鼻的空气，混战的人们，我一个人站在台上串场，继续念着为厂家品牌打广告的宣传词。后来回想，那是多么富有创意的讽刺喜剧的素材。

不知当时在台下打群架的文身大汉们会怎么想，活动的负责人事后结算劳务费时跟我说，当时他一边打架一边瞄着台上正儿八经主持的我，心里想：“这孩子真是个神奇的存在。”

我没有告诉他，在台上念台词的时候，我脑子里只想着一件事情：那台洗衣机，还差 800 块。

慢慢地，家里应该算是什么都有了。后来搬了家，妈妈终于住进了干净宽敞的小楼。“你妈从嫁给我那天起，就一直跟着你爷爷奶奶住。你爷爷瘫痪在床，奶奶脾气也不好，她心里一直想有个属于自己的家，我知道。”搬进新家的那天，爸有些喝醉了，拉着我说话。他一喝多，话就不停。但我知道，这么多年来，爸和我一直想替妈完成心愿，在此刻，三个人都得到了某种释怀与满足。

新邻居们都特别好，他们开玩笑说，以后养老就不用去养老院了，他们彼此间可以相互照应。

盛夏的夜晚，邻居叔叔们轮流在院子门口摆满西瓜，各家都拿着各家的凉席七扭八歪地躺在一处，男人们打牌，女人们聊天。我远望着他们，在这样平凡的烟火日子中慢慢老去，心里踏实而安宁。

妈跟我说日子越过越好了，反而时常会感到很孤独。她本就是精神世界很丰富的人，只是岁月没给过她机会。我经常与她交流，在这个过程中慢慢改变她舍不得花钱的观念，鼓励她参加舞蹈班，帮她挑选公益组织。她想寻找宗教信仰，我也双手赞同。

倒是我爸，兄弟酒友一群，闲来也爱读书，每天倒也潇潇洒洒，我也替他开心。

基础的生存问题无忧后，我试着陪他们度过精神世界的荒芜。

一年两次带着他们去旅行，祖国大好河山，村村落落，山山水水，都留下了他们的身影，也留下了生命的喜悦。我想带他们看看这个奇妙的世界，各色的脸庞，多元的人生。

妈爱美。这些年，她大大小小的衣服首饰都是我给她买的。

每到不同的国家，不同的城市，我下了飞机一般都是先去给老妈挑几件漂亮的衣服。每次进了店里，服务员得知我是给妈妈买衣服，都会一边感叹我作为儿子的孝顺，一边频频拿出她们心中觉得合适的款式，都是很经典的，适合中老年女人穿的样子。我往往笑着感谢，却转身去了店里最时尚的专区。妈妈穿着最潮的款，二十几岁小姑娘们喜欢的样式，也得体潇洒极了。

邻居们笑我是按照打扮女朋友的样子打扮妈妈，却又纷纷羡慕我妈的气质穿得着实好看。

妈每次嘴上都说："这太贵了、太多了，这么年轻的款式合适吗？"但转头就穿出去低调地炫耀了。

爱美，是她与岁月抗衡的武器。

爸喜欢车。有了条件后，我想送他一辆新车做生日礼物。去店里选车时，他试试这辆，试试那辆，都喜欢得不得了。晚上回来商量买哪辆，爸说买黑色的那辆轿车，开着舒服。我妈又把我悄悄拉到一旁，也劝我买那辆轿车，说爸年纪大了，这辆车足够了，又一二三四补充了很多理由。果然被我猜中，一定是我妈"提醒"过爸，买那辆轿车，因为更便宜。

但我分明从爸的眼神里看到他对另一辆白色 SUV 的渴望。第二天，我和爸去提车，我先把钱交了，是那辆 SUV。爸连假装客气推托一下都没有，欢喜地上了车，像个孩子终于拿到了最心爱的玩具。

妈下班回来有点生气，一直在抱怨，念叨着家里这个条件没必要买这么贵的车，完全是浪费。我跟妈说："我爸这一辈子，一件像样的东西都没拥有过。他喜欢车，我应该给他买一辆更好的，作为男人，这也是他在同事朋友们心里的一份尊严。"

妈也就没再说什么。

为人儿女，总觉得父母似乎应该什么都会，什么都懂。但慢慢才明白，如同我们小时候跟跄着脚步，并不懂得该如何面对成长一样，我们的父母，其实也并不知道该如何体面地老去。

老去，是身体的衰老，也是灵魂的孤独。

他们拥有了相对充足的生存基础，却被日新月异的社会进步甩在时代之外；他们希冀一种精神的追求与生命的启蒙，却羞于开口也无所适从；他们想最后的这段人生路，哀而不伤悲而不凉，却并不知向阳的出口。

奶奶那代人命运无情，我们这代人生逢其幸。

我们是这片沉厚的土地上，第一代不必苦苦挣扎于温饱，有机会仰望星空的灵魂。而我们的父母，在辛苦了大半生后，也终于在他们的尾声等来了接近生命丰厚的机会。

这个机会，需要我们带着爸妈一同去体会，去创造。

父母子女之间也是一场轮回。

小时候，他们陪着我们一起学会快快长大；长大了，我们陪着他们一起学习慢慢变老。

两代人之间最好的缘分，也许不过如此。

让我们各自精彩

二〇二〇年年中，我因工作原因需要在深圳小住一段时间。这几年虽每年来来往往深圳很多次，却从来没有机会驻足片刻细细感受这座城市清新的美。

我住的这个小区，从窗外远远望去可以看到两座山包，两座山包相依，中间便夹出了一个小小的山谷。每到傍晚时分，灿烂的落日光辉铺洒在山谷上空的云彩里，绚丽夺目，引人无限遐想，总觉得会有哪位神仙乘云而来，携我去神游一番。

或许是从小在海边长大的缘故，我对这些遥远又浩荡的风景总是心生向往。大海、星空、群山，大自然中那些极致的美景因超越了人类认知的边界而显得格外令人震撼，让人在潜意识里愈发觉得自我渺小与时间短暂。

旷野知无味，南山轻轻挥。这两座远处的山包仿若我在此地的定心丸一般，写累了便停一停笔，思绪乱了便静一静心，远远地望着它们，心就会慢慢安宁下来。

小区里簇拥着绵绵的芭蕉树，是我最喜欢的景致。雨大的时候，雨打在层层芭蕉叶上，隔着窗户都能听到“滴滴答答”的交响，翠绿的芭蕉像是戴了满身珍珠的少妇，摇摇晃晃地在风的吹拂中起舞，然后珍珠又随着这摇曳滚落在草坪里那些不知名的紫色的、粉色的、黄色的小花朵上，滋养了整片大地。

雨后，金色的光透过落地的玻璃窗洒在床上，小猫四只小爪子伸得挺直，懒洋洋地沐浴在阳光里，一会儿撒娇似的自己打个滚，一会儿抱起前爪舔舔毛发，舒服得不得了。

每天写字写累了，我都会随便趿拉一双鞋子在这片芭蕉林里溜达散步，踩着花园里蜿蜒的石子路上的小石子，那些平日里具体的焦虑便在踮起脚的时候偷偷溜走了。

青春是张望世界，成熟是守住自己。我已经三十岁了，许多遥远的风景与世故尚未遇到，但走过的路却已不再陌生。三十而立，老祖宗留下的话总是有它的一些道理。三十岁，我攒了一点钱，事业有了一些基础，算是“立”住了吧。

在这样舒服自在的日子里，我竟有好长一段时间没有给家里打过电话了。没有什么特别的原因，就是这样自然而然地忘记了。这对过往一直频繁、积极地与爸妈保持沟通的我来说，是一件令自己都感到很意外的事。

三十岁生日那天，给爸妈打电话，随口跟我妈说：“今年感觉真奇怪。以往每年生日时都特别想家。今年不知为什么，也不是对家的感情淡了，只是变得没有那么想家了，觉得在外面也生活得很好。”

我妈乐呵呵地笑，说我可能最近生活得太滋润了。

又过了几天，给家里打电话，爸抢过电话说：“你妈前几天真丢人。”我问：“怎么了？”

爸说我过生日那天我妈接完电话后，冲他哭鼻子了。

后来妈解释说，那一刻她突然觉得自己不再被需要了，那种伤心是没有来由的，就是情不自禁地难过。但后来想了几天，越想越高兴。“你说你‘不想家’了，说明你是真的长大了，将来我们走了，也不会担心你一个人在这世上该怎么办。”

我听完沉默了很久。准确地说，我是感到惊讶。我完全没有想到随口而出的一句话会让我的妈妈为此难过为此忧，为此思虑了好几天。

但当我安静下来，我也意识到，那确实并不是一句随意的话。我在往独立的人生出走。

高考填志愿，爸想让我离家近一点，偷偷改了我的意愿学校，大学录取通知书寄来时，我愤怒，但也理解；大学毕业后，爸妈希望我回家乡当一名小学老师，后来我念了研究生，他们又希望我能回去当一名高中老师，最终，我博士毕业后进了高校，很大程度上，是为了满足他们一个心愿；工作或生活中，我对自己百般自律，潜意识里也是希望能够满足他们的期待，走他们所替我想象的路。

我有时候在想，我与父母是典型的“付出－亏欠”式的情感模式。爸妈始终觉得他们能力有限，没有为我创造更好的条件，今天所有的一切，都是靠我一个人在北京努力打拼出来的。他们很多时候干着急，却也丝毫没有办法。以至我妈现在经常会跟我反复说一句话：“你不用经常往家里打电话，我们能照顾好自己。”她觉得，不打扰我，不牵扯我的精力，就是眼下他们能为我做的最大贡献。

我呢，深感父母养我育我之恩，尤其是他们无私的付出与爱，甚至有些时候，我会觉得这份爱过于沉重，让我充满了压力，也充满了对他们补偿的心理，希望也能为他们竭尽所能。

这种亲密的原生家庭关系构建了我此后面对世界的根本态度和生命底色：相信、热情、宽容、悲悯。

但事物总是一体两面，亲密并不意味着绑定。人走水流，从依赖父母的孩童到独立生存的个体，生命需要在合适的时间回归原位。而生命的原位，只是属于我们各自本身。

任何人的生命本质都是属于且只属于他自己的，儿女是，父母亦然。儿女终要成为独立的自己，父母也应过好自己的人生。勉强不得，也拧巴不得。

我现在还没有孩子。

每年春节，家里都会有长辈语重心长地劝我：“你赶紧给你爸妈生个大胖孙子，他们就什么都好了。”我总是笑呵呵地答：“随缘随缘，尽快尽快。”我回应他们善意的关心，也并不只是敷衍。

我当然期待自己的孩子，他是那样干净，那样美好。他的到来，应是上天恩赐的缘分，是我生命最好的礼物，而非糊涂刻意的强求。

期盼着一代又一代的新生命呱呱坠地是人类真挚朴素的情感和愿望。但我未来的孩子呀，你的到来不必是为满足我，更不是为了他人的目光与期待。

若有缘分，你我父子一场，我们结伴而行。你有你的人生，我有我的精彩，你不是我人生“好”的标准，我也不是你奔赴自由的阻碍。我们只是两个血脉相连的行路人，相伴一程，终有别时。人生苦短，各自珍重。

而我亲爱的父母啊，小时候我跟着你们走，长大了我想带着你们走，我们永远都是去往同一个方向。直到某一刻，我意识到，我真的要走自己的路了。这条路，与父亲的远望、母亲的等待已是殊途。我双眼满含泪水，郑重地转过身去，与你们作别。这一刻，属于我的人生，才刚刚开始。

我亲爱的爸妈，你们终究要独立地面对生命的老去。

就像儿时你们搀着我教我走路，可依然需要我自己迈开那小小的不安的脚丫，坚定而结实地走下去。年华眨眼之间逝去，你们应珍惜岁月的美，放下肩上那些沉重的包袱，勇敢地对自己好一些，再好一些。

今年离家之前，我给爸妈留了一张字条：

爸，妈：

你们这代人，经历了战乱、灾荒、政治动荡，一生都在与贫穷和屈辱战斗。你们从来没有享受过作为一个完整的人，一个完整的生命应该体验的美好。

你们的生命是属于你们自己的，不属于任何人，不属于我。

如今时代给了你们这样的机会，你们接下来的人生，不要再为我而活，为我的儿女而活。你们应真正地、彻底地为自己活一次。

青春从来不晚。你们的余生，是你们此生唯一的机会。请你们为自己而活。

让我们各自精彩。

这是我们父母儿女一场，彼此间最好的命运与馈赠。

一树盛开的海棠花

我念书的时候，一有空就会去坐地铁，也不是为了去哪儿，两块钱能转很多圈，我喜欢这样一圈一圈地在地铁里看形形色色的脸庞，想象这些脸庞背后的人生。那个时候地铁里有很多流浪歌手，遇到特别有才华的，我就光明正大地跟在人家后面，一路听，偶尔还帮忙吆喝几句。他们中的大多数人比我想象的更显开放气象，往往四眼相交，彼此心领神会，顽皮地笑一笑，就是朋友了。

那种美好人性的火花真痛快。

其中有一位朋友叫阿浪，我开玩笑说，你这名字起的，真是一言难尽。

阿浪总是一把吉他不离身，还会自己创作，编曲。我经常有这样那样的学校活动，总是逼迫他免费给我创作主题曲，他一脸的不情愿。“就你那破活动，还每次都要定制的主题曲，你把老子当什么了？”一边骂骂咧咧，一边又默默给我写好。报酬呢，就是学校食堂的一顿饭。

阿浪只会在两种时候主动给我打电话，一是他又遇到哪位大导演和制片人了，说是特别看好他，准备签下他重磅打造，每当这时候，我隔着手机屏幕都能感受到他兴奋得唾沫星子要溅到我的脸上；另一种时候，就是那个导演、制片人又不合作了。“他们就是‘大傻×’！”他骂人的话倒是反复就这么一句。

循环往复，我都习惯了。阿浪大学是念建筑系的，因为热爱音乐，毕业后一个人来到北京，在北京打拼了五年，白天自己创作，晚上在酒吧唱歌，偶尔去地铁或街头卖卖艺，他说那叫体验生活、行为艺术、创造美好。总之，他经济靠自己，每个月都会给老家寄钱。我一直鼓励他，也真心相信他的才华，只要坚持下去，一定能实现自己的梦想。

终于有一次，他又来电话，说《中国好声音》的导演来找他了，让他参加海选。我倒是觉得这是个正经机会，叮嘱他好好准备。

也就隔了几天，我见他没动静，发信息调侃他：“怎么样了啊？又黄啦？哈哈。”一整天没回我，将近凌晨时，我收到一条短信：“我回东北老家了。我爸在工地上干活儿摔下来，走了。”

盯着这条短信许久，反反复复地看，我才敢回问一句：“那，还回来吗？”

“不回去了，我妈中风瘫痪了很多年，以前都是我爸照看的。

以后我给我妈养老。”

我那时候还小，连电话都不知道该不该回过去，只是握着手机，心揪得生疼。

阿浪回了老家，也不再弹吉他了。他说他爸活着的时候埋怨他整天就知道抱着一把破吉他，不干正事。他现在在远房亲戚的工厂里打工，可以一天三餐回家做饭，照顾妈妈。

“你坚持了这么多年的梦想，放弃了不遗憾吗？”我忍不住，还是发了一条短信。

“人生遗憾的事太多了，不差这一点。”阿浪回。

我默默盯着手机，看着看着，眼角发酸，没有再回复。

我知道，这样的时刻，说什么都没有了意义。

后来的日子，我偶尔找阿浪聊天，他只是鼓励我，说希望他实现不了的梦，我可以。而关于他自己，他却不愿多和我再说些什么了。

又两年多，我出差到阿浪的城市，给他打电话，他倒是很高兴，电话里藏不住的热情。我按照地址到了阿浪家，院子里金灿灿圆滚滚的玉米棒一堆连着一堆，阿浪出来迎我，上来就是一个大大的熊抱，阿姨坐在里屋门外的轮椅上，眯着眼睛冲我笑，是那样温柔慈祥。

晚饭后，阿浪收拾碗筷。我搬来一个小板凳和阿浪妈妈坐在屋门前聊天。阿姨从轮椅侧面的布袋里拿出了一本厚厚的相册，一张一张翻给我看。“你看这是他三岁的时候，胖得像头小白猪。”阿浪妈妈笑得合不拢嘴。

“哎哎哎，怎么说你儿子呢？”房子不大，阿浪在里屋听得清楚，大声抗议。

“你看这张，是他七岁的时候，代表新生们给校长送花。那时候他长得就比别的孩子高了。

“这张，是他初中的时候拿的奖状，校园十佳歌手。”

“你说说是不是标准的帅哥，我那时可是风靡全校呀。”阿浪从屋子里大叫着走出来，挨着我一屁股坐在地砖上。

“你说，要是我们永远长不大该多好啊！”他望着院子里那满树的海棠花，像是自言自语，又像是在跟我说。

“是啊，成熟是一件多么残忍的事，无论此后你贫穷还是富有，爱过还是恨过，那金子般闪闪发光的青葱岁月终是一去不复返了，我也曾是那天真无邪的少年，趴在课桌上酣眠，梦里全是对生命的期待、烂漫的烦恼、纯纯的爱恋。”

“你看，这是他爸给他买的第一把吉他。”阿浪妈妈打断了我的遐思。

我接过阿姨递给我的照片，照片里，阿姨站在一树盛开的海棠花下，手里正掐着青绿的山豆角，也是那样眯着笑的眼睛，温柔地看着前方。前方，阿浪爸爸坐在院子中央的拖拉机上，正弹着吉他唱着歌。

我有些惊讶，转头望向阿姨。“我从没听阿浪提起过，叔叔也会弹吉他。”

“都是他爸教的。我们攒了大半年的钱，才给他买了这把吉他。他爸那人，不过嘴巴不饶人罢了。”阿姨用手轻轻抚摸着照片里的人，思念从眼睛里往外淌，说着说着，她声音开始哽咽，“老卢啊，都怨我，我对不起孩子啊。他这都是为了伺候我才回来的啊。”

阿浪噌地跳了起来。“哎哟，老娘，干吗呢干吗呢，您这是一逮着人就要忆苦思甜哪。”

我正因阿姨的泪水而不知所措，却瞬间被阿浪这浓浓的东北普通话给逗笑了。阿浪，真的长大了。

“别委屈叨叨的了，我给你俩唱首歌吧。”阿浪从屋里拎了一个板凳，抱着他的吉他，坐在小院中央。

没有什么能够阻挡
你对自由的向往
天马行空的生涯
你的心了无牵挂
穿过幽暗的岁月
也曾感到彷徨
当你低头的瞬间
才发觉脚下的路

心中那自由的世界

如此地清澈高远

盛开着永不凋零

蓝莲花

…………

院子里的那株海棠树还在，月光穿过婆娑的叶子，光影铺在阿浪的脸上。我侧头看了看阿浪妈妈，她正随着节拍挥舞双手，眼睛又笑眯眯起来。

可爱极了。

野草的诗

研究生快毕业时，我一边在电视台做主持人，一边复习准备考博，每天过得匆匆忙忙。早晨七点准时在学校西门的煎饼摊买一个葱油饼夹鸡柳，边走边吃，时间久了，老板娘都认识我了，知道我赶时间，总是提前几分钟先帮我做好，还会多套两个纸袋子，拿着不会烫手。后来学校西街改建得整整齐齐，井然有序，这家陪伴了我整整一百八十个清晨的煎饼摊也不知去向了。回想起来，那时的早餐真好吃，那位老板娘真善良。

每天清晨出校门，回来时常常已经夜里一两点了，那段时间像打了鸡血一样，浑身使不完的劲儿，真有一种每一步都踩在梦想上的感觉。夜里回来也不觉得累，夜色里的校园是那么美好，那么安宁，清风朗月照我心，悠然地哼着小曲，穿过四十八号楼前郁郁葱葱的大树和青青碎碎的小草，一切都是青春最美好的样子。

忘了是哪一天，也是这样的夜色，也是这样穿过校园，在拐角处的路灯下，昏黄又透亮的光被灯罩成了一个大大的投影，像夜神拖着水晶的长尾裙。我看见一个挺拔的背影沐浴在这金沙里，影子斜斜长长，我踮起脚，调皮一下，能踩到他影子的脑袋。

好奇心催促我往前一点，再往前一点，快靠近时，我才听到他的声音：

我多么希望，有一个门口
早晨，阳光照在草上
我们站着
扶着自己的门扇
门很低，但太阳是明亮的
草在结它的种子
风在摇它的叶子
我们站着，不说话
就十分美好

他在念诗，他在朗诵，他竟然在轻声低吟顾城的《门前》。我有些惊讶，又有些惊喜，我跳着到他面前。他有些窘迫，又有些羞涩，抬头看了看我，又低头盯着书。

“不好意思，吵到你了。我还想尽量把声音压得很低。”他磁性的声音沉沉地说。

“没有没有，我是有些感动。这个点了，竟然还有人在这里读诗。”欢喜之余，我的情绪才渐渐由兴奋变得冷静，也认真打量起他来。

他身上的保安服说明了一切。我们学校的保安。

他叫阿威，“野草”，是他给自己起的笔名。阿威和妈妈从广西来，他在学校当保安，妈妈在食堂打扫卫生。他和妈妈都喜欢诗歌，他们有空的时候，会一起偷偷地蹭学校里的播音课。

阿威妈妈喜欢诗歌，他从小便跟着妈妈一起读诗。他们会在卖菜时读郑愁予的“我打江南走过，那等在季节里的容颜如莲花的开落”；在落雨时读戴望舒的“撑着油纸伞，独自彷徨在悠长，悠长又寂寥的雨巷，我希望飘过一个丁香一样地结着愁怨的姑娘”；他们被人欺负时会愤愤地读北岛的“卑鄙是卑鄙者的通行证，高尚是高尚者的墓志铭”；母子俩彼此加油打气时读顾城的“黑夜给了我黑色的眼睛，我却用它寻找光明”。

他们的人生这般贫瘠，他们的诗意如此磅礴。

阿威妈妈十八岁那年嫁给了隔壁村子里最有钱的男人，男人比她大十四岁，刚刚死了老婆。对方给了丰厚的彩礼，四头牛，四匹马，外加一对金镯子。家里把马和金镯子卖了，供两个儿子上学。

结婚不久，她便怀了阿威，婚后第三年，因为受不了丈夫长期的殴打，她抱着小阿威，半夜偷跑了出来。家里人找了两年，她逃了两年，一路往北逃，从贵州逃到湖南，又从湖北逃到山西，直到再也听不到来自故乡的消息。

第一次见到阿姨那天，太阳很大。她远远走来，阳光直晃晃地照在她又瘦又小的脸上，黝黑的脸因为泛着光而格外亮堂。等阿姨走近一些，我才发现这张脸早已被生活刻满了风霜，干巴巴的皱纹叠在一起，一层又一层，像位垂暮的老人。而那年，她才刚过四十岁。

我说："阿姨您辛苦了。一个人带着阿威颠沛流离，把他培养得这么好。"

阿姨羞笑着一直摆手："没有没有，你这么有文化，谢谢你看得起他，愿意和他做朋友。我不是一位好妈妈，他要是能像你们一样，在这里上大学该多好啊，说不定，他也能成为一名诗人，或是作家。"

她目光寻着校园里那一排排白杨而去，眼神里全是对生命的艳羡。

在此后许多个夜里，我回学校后都会和阿威一起朗诵诗歌，我帮他调整读音，他分享给我动人的诗句，在偌大的深深的校园里，两个追梦人压低音量读着诗。

一天夜里，我们像往常般做完功课，阿威突然说有话要和我说。

我们坐在校园马路边的台阶上，一人手里捧着一本诗集。他说，妈妈从老乡那里得来消息，他爸爸刚刚病死了。妈妈想让他回去送送孝。

我问："你还回来吗？"

"不回了。我妈在外面漂了这么多年，虽然她嘴上不说，但我知道她其实一直想家。现在我爸走了，她也该落叶归根了。"

"那你想家吗？"

"我也说不好。但我想至少得回去看看那个我出生的地方。况且，妈妈这样一个瘦弱的女人，陪着我走南闯北这么多年，现在我该陪伴她好好安度晚年了。"

我问他关于未来的打算。他说想在老家的小县城，开一个朗诵培训班，那里很多人讲不好普通话，他和妈妈都可以当老师。等赚一些钱，就可以给妈妈买一个大房子。也许，在那儿还可以等到一个也喜欢诗的姑娘。

说着说着，他就径自陷在对未来美好的想象中，黝黑的脸羞红了，埋在自己的胳膊里，好像一切都已实现。

我认识许多像阿浪、像野草一样的同龄人。他们被这个时代激发了梦想，却并没有平等的机会去追求；他们的父母已竭尽全力守护着儿女，为儿女创造更多的可能，却终归不敌命运的安排；他们在生活的两难中挣扎摇摆，都在以自己的方式陪伴着父母老去。他们，都是好孩子。

我并不知道他们的人生将去往何方，我只能道一声珍重，给所有温暖的儿子，美丽的母亲。

六十岁女人的爱情

想起有一年，晚春四月末，我受邀去日本筑波大学演讲，途经小城日光，有一段山路，很是回旋曲折。

日光坐落在本州大谷川南岸女峰山麓中，人口才两万多。在日本，日光算是海拔极高的城市，最高峰奥白根山有二千五百七十八米，被誉为“日本大自然的冰箱”。我去过日本那么多地方，至今让我念念不忘的，仍是这座清凉空灵的小城。

在东京和大阪，四月末樱花都已经谢了。只有在日光，因海拔高还有些春寒料峭，樱花在宽阔的公路两旁怒放，一株挨着一株，一树挤着一树，淡粉中透着微红，洁白里蘸了芬芳，敞篷的车子开得极快，两旁樱花在风中狂飒起舞，扑面而来，美哉壮哉！

我们同行一共四人。开车的汤圆婆婆，已七十多岁了，却穿了一件紧身的天蓝色牛仔工装，真是帅气潇洒。因为这位老教授脸蛋圆圆，我鬼马地给她起了一个外号——“汤圆婆婆”，她听了倒是开心得很。

六十三岁的于乃明教授坐在副驾的位置上，一套优雅的鹅黄色套裙，搭配着两枚精致的点翠耳环和水晶项链，整个人就像是春天里的一幅贵妇人画像。

我和另一位年轻的韩国老师，坐在后排，我穿一身黑色运动服，他裹着一条灰色的围巾。两相对比，相形见绌，土得掉渣。

生命力，你偏见以为花落日落已苍老，却见她藏香满地，星辰入海，灵魂不死，便是勃勃生机。

我们在日光看到最后的残雪。高高的樱花树上，碎樱点点。远望四处，但见杜鹃也已盛开。

如此良辰美景，奢侈的闲情，没有歌声岂不是人间无味？但四个人，中日韩三种语言，唱什么呢？

正苦恼时，台湾政治大学的于乃明教授轻轻哼起：

如果没有遇见你，我将会是在哪里
日子过得怎么样，人生是否要珍惜
也许认识某一人，过着平凡的日子
不知道会不会，也有爱情甜如蜜

是邓丽君的《我只在乎你》，这首歌是日文歌曲《时の流れに身をまかせ》的中文版，我转头看了看韩国来的老师，他也跟着哼唱起来。

音乐，跨越语言与国界。

任时光匆匆流去，我只在乎你

心甘情愿感染你的气息

人生几何，能够得到知己

…………

大家一起歌唱起来。

一首接着一首邓丽君的经典老歌。

迎着春风，迎着春樱，迎着春光，我们深深迷醉在日光，迷醉在我们的歌声里。

我望着前面的两位老人，一位是开车的司机，一位指挥着导航，意气盎然，雄姿英发，哪里有半分衰老的样子。

她们的歌声越来越大，一辆汽车从旁边驶过，车里年轻的男子冲我们吹起了口哨。“臭小子，敢调戏奶奶！”汤圆婆婆大笑，一踩油门，车“嗖”地一跃而过。

回国后的某天盛夏傍晚，我正把自己关在屋子里写博士论文，却半天写不出几个字来，焦躁得很。

传媒大学三十四号博士宿舍楼下是一片小树林，蝉鸣声“知了知了”地连成一片，我写几个字，便瞧几眼窗外，真想去把这些蝉都捉起来，吵得我心烦。

“砰砰砰！”敲门声响。隔壁屋的同学给我捎回来一封信。

打开信封一看，是于乃明教授从台湾寄来的明信片。画面正是那暮春时节的日光，几个人，都笑得温柔宁静，背面写着两行娟秀的字：“做学问，不能心急。放下杂念，只管埋头写，妙趣无穷。”

我竟恍惚间想象起我老了的样子。会不会也像汤圆婆婆这般，到了快八十岁时也可以一身紧身的蓝色牛仔，开着越野车四处兜风；会不会也像乃明教授这样，气定如湖面，神闲似春烟，管他万般事，一心写文笺。

一个有些狂野、有些不羁，却又很有学问的帅老头儿的形象跃然脑海，我不禁大笑了出来，老去，原也不是多可怕的事，甚至开始有了些许期待。

我，将以何种面目老去？

在顺正学园访学，接待我的是藤井和子教授。我对她印象实在太深刻了。轻轨快到站时，我就远远望到了她，她头发微微烫了一层波浪，半卷在耳郭鬓边，露出修长的脖颈。一袭湖蓝色的套装，上面绣了几只白鹤，踏着团团锦缎的祥云，在如丝的光照下，整个人美得是那样古典。

藤井和子教授年轻时曾在台北读过书，主修的是中国文学，汉语说得也很是漂亮，语速不紧不慢的，像口里含着一颗糖果，尾音总是带着中国南方软软的腔调。我心里想，跟着她学汉语的学生们真是幸福，即便在中国，这样唇齿间能把汉字之美念得如此动人的老师也不多见了。

晚餐，她请我吃的蟹宴。对在北方海边长大的我来说，日本菜总是精致得让人既不忍心下口，又有点着急。那蟹黄如金子般堆在颗颗白薯做的珍珠丸子上，藤井和子教授吃一颗丸子，便和我轻轻柔柔地说几句话。我心里正在琢磨着，要不要一口把这些小丸子通通吃掉，又有些难为情，抬起眼皮偷偷瞄了瞄坐在对面的教授，却意外发现她的脸上也挂着一颗珍珠——她竟落泪了。

我一时无措，不知道发生了什么，又不知是否自己看错了，只能问她："您是有什么不开心的事情吗？感觉您一天似乎都有些低落。"

她连忙摆了摆手，一直不停地说着："真是抱歉，真是抱歉，我失礼了。"

我也不知该不该继续追问，日本人情绪大多内敛，担心会唐突。正在我为难之际，她先开了口："对不起，我失恋了，我的男朋友昨天给我写信说要分手。"我又被吓了一跳。失恋了？我分明记得资料里写得清楚，藤井和子教授已经六十多岁了。一位六十多岁的女子因这痴缠的恋爱，因无情的分手而坐在我面前梨花带雨，我年轻的生命确是第一次遇到这样的情形。

我迅即递过去一张纸巾，以遮掩自己这没见过世面又庸俗的心理剧场。

“他是我的初恋。”这位内秀文静的女人接过纸巾，轻轻拭了拭眼角，继续跟我说，“去年我去北海道旅行，在酒店门外，我远远地看见一个高高大大的身影向我走来，不知怎的，我的心就开始‘怦怦’地乱跳。其实我根本看不清楚他的模样，但你看，命运的神奇远远超出我们的想象，我就是有这样本能的反应。”“你的初恋？”我有些疑惑。

她突然就笑了，整个人往前倾了一下身子，破涕为笑了。我也跟着笑，挠挠脑袋，虽然并不清楚发生了什么。

“是啊，100米，50米，10米，他就这样慢慢走过来了。当他走来的时候，我的呼吸都要停止了。真的是他。他那炙热的眼神像要把我烤化了一样，我心里小鹿乱撞，都不知道该往哪里看。他先开了口：‘好久不见。’”和子教授脸上已绯云朵朵，她用双手摸了摸自己的脸颊，“呀，好热。”

我又被她逗笑了，真是有趣的女人。

“我好像被北海道的雪冻住了，愣在那里。我偷偷做着深呼吸，不想让他看到我的窘迫。慢慢安静下来，我悄悄用余光打量他，他还是那样高大，身材也保持得很好，眼神里的深邃却和年轻时一样迷人，只是脸已满是皱纹，头发也都白了大半。我这才意识到他老了，又想这可怎么办，我一定也老了许多。”她拿起了一只雕着玉兰花的小茶杯，轻抿了一口茶，“我这才回了他一句，‘好久不见’。”

我慢慢听懂了藤井和子教授的爱情故事。

伊藤文一，这位我未曾谋面的先生，是她的初恋。

他们高中时便彼此喜欢，到了大学后伊藤才主动告白，两人谈起了长达五年的幸福的异地恋。工作后，和子教授希望二人能尽快结婚，成立一个安稳幸福的家庭，伊藤却想继续赴德国深造，学成后再考虑婚姻。两人争争吵吵，像所有年轻男女一样，最终没能抵过现实与时间。伊藤后来留在了德国，并娶妻生子，五年前，伊藤的妻子因病离世，伊藤落叶归根。和子教授三十多年里谈了三次深刻的恋爱，却都阴错阳差地并没有步入婚姻。

在北海道，伊藤去滑雪，和子去旅行，两人又重逢。

“伊藤提议我们在附近走走，他打着一把深蓝色的伞，护着我们两个人。我们一开始很安静，什么都没有说，只是那样静静地走，绕着被雪染白了的树木，走了一圈又一圈。那天北海道飘着很细很细的雪，我伸出一只手抚摸它们，落在手上，似白砂糖一样绵软。他温柔地笑我：‘怎么还和从前一样。’”和子教授已陷入回忆的温柔，“慢慢地，他跟我讲起他在德国求学的经历，遭遇的歧视，打拼的辛苦，认识了一位中国太太，平淡而幸福的婚姻，孝顺的女儿。我们就像老朋友那样，似乎这一切我冥冥中很早之前就知道了。”

“所以后来你们在一起了吗？”年轻的我总是有些着急，想要知道爱情的走向。

“北海道分别后，我们又一起旅行了三次，以朋友的名义。但都是我主动约他的，哈哈哈。”她难得地大笑了起来，又迅即四处看看，意识到自己对周围的打扰，马上捂住了嘴巴，“第三次在横滨，他单膝下跪，像四十多年前那样，第二次跟我告白。”

我已完全沉浸在这美好浪漫的故事里。年龄这样沉重的东西，在爱情面前变得毫无意义。和子此刻分明就是一位鲜活的少女。

“但是，你刚刚说，他为什么要提分手呢？”纸巾一直在她手里轻轻攥着，提醒了我这个问题。

“上个月，他去医院体检，查出了肠癌。”和子教授轻轻地说，“我知道他是怎么想的，他怕连累我。但这正是我最伤心的地方，他到现在还不懂我，我一点都不怕。”她抿了抿淡粉色的嘴唇，“到了这个年纪了，能跟他再相遇，在一起的每一天都是我人生最大的幸福。”

我没有再问什么，也没有回应什么。晚餐离别时，我们轻轻拥抱。

我知道，这个柔柔弱弱的女子，这个六十多岁的女子，面对爱情有千钧力量。

几个月后，我因要回北京，前去向和子教授告别。在她家门前的小路上，我远远便看到她推着一辆轮椅，里面坐着一位先生。他穿着一件卡其色的风衣，正指着一树枫叶，不知在说些什么。只见和子教授笑弯了腰，我挥舞着手臂冲他们大喊：“你好，伊藤先生。”

我一直以为，这样热烈的纯粹的爱恋，只发生在人年少时。我一直以为，成人的爱情随着世俗的沉淀会是另一种平淡的浪漫。我甚至以为，人生老去，哪里还能奢望生命最初的萌动。

汤圆婆婆，乃明教授，和子与伊藤，以及我此后遇到的许许多多可爱的“老人”，他们给了我太多关于岁月不同的回答。

这些回答告诉我：人生最可贵的，原来一直都是爱与希望。

也许，对我们绝大多数人来说，生命走到最后，老来的生活都很难得偿所愿。人类本来也就是这样一代一代地从历史中走过来的。当你回望一生，劳动了，尽力了，这其实便已足够；如果养育了儿女，他们也都能够自食其力，有自己很好的生活，那就是生命额外的恩赐。

身体的衰老，是大自然生生不息的规律；精神的孤独，是人类拥有意识与情感的代价；老去这道难题，是人类集体的宿命。

为人儿女，我只希望爸妈的余生能为自己而活，而丰满，而体面，而不同，而快乐。我会陪着他们慢慢变老，慢慢变老，直到离开的那一刻。

在陪他们慢慢老去的路上，我也寻找着关于自己的爱、远方、希望。

和解

03

我们是各自不同的生命，我们各自有完全不同的生命轨迹。只有真正了解、理解并接纳了他们真实的一生，两代人之间才有真正意义上的完全和解，而我们，也才能从中寻找到真实而完整的我们。

尘归尘，土归土

平日里，我很少失眠。那天夜里，我却翻来覆去，怎么也睡不着，觉得燥热得很。起身看了看时间，已是凌晨四点多，又强迫自己躺下，浑浑噩噩地想了许多事，第二天醒来，已临近中午了。

醒来不一会儿，我还躺在床上迷瞪，便接到爸的电话，耳旁只听到他微弱的颤抖的声音："乐啊，你婆走了啊。"

爸嗓音已经哭得沙哑，如嘶鸣的蝉。我却神情平淡，脸上甚至浮出了一点点笑意。我的意识笼上了悲伤，潜意识却坚定地认为这只是他开的一个滑稽的、不可理喻的玩笑。

怎么可能呢?

昨晚，我还和奶奶通了电话，奶奶还笑呵呵地问我："快过年了，怎么还不回家呀?"我笑她："还有四个月呢，奶奶。"

"快过年了，快点回来呀!"她似乎完全不在乎还有四个月才到春节这件事情，固执地又嘟囔了一遍刚刚的话。时间对她来说已经不再有意义。

“这次回来能住多久呀？”她又问。

“还能住多久啊，假期只有一周呀。”我又笑她。

“怎么这么点时间啊，就不能多住一段时间吗？”她语气里透露出了些许失落，甚至还有几分埋怨。

“我已经工作了啊奶奶，不像念书的时候还有寒暑假呀。”我跟她解释。实际上，这些年，每一年我都要跟她重复说这些话。

“唉！”她轻轻地叹了口气，“快过年了，早点回来吧。”

电话那边，年近六十的父亲一直泣不成声地重复着同一句话：“你婆走了啊乐，你婆走了……”

我没有安慰爸爸，很快地就挂了电话。

我意识到我应该马上收拾行李，订机票，回家，却又觉得哪里不对劲儿，整个人恍惚得很。我在屋子里走来走去，走来走去，也不知该做点什么。走到里屋，小猫趴在床上眯着眼睡觉，我挪着步子到它眼前，蹲下身来，轻轻地摸着它的头说：“你知道吗，爸爸说，奶奶走了。”

赶往机场的路上，深圳的十一月依然明媚如春。我坐在出租车的后座，整个人靠在椅背上，浑身没有一点力气。那隐约的哀伤之气揪着我的心一直往上蹿，噬咬得我喘不上气来。打开车窗，想着这样也许能呼吸得更顺畅一点，司机师傅在加紧帮我赶时间，风“飕飕”地刮过脸颊。

我望向车窗外，那不知名的象牙白的、鹅黄的、玫瑰红的花，夹杂在绿荫间一簇一簇，白云在蓝天上一片一片，悠悠扬扬，我望着那些云朵，心里想奶奶是不是此刻已经在天上了？以前我每次回家，奶奶总是说：“你离开家的时候，我就坐在院子里看天上的飞机，想我孙子正在飞机上呢！我就是老了，要不我也要跟着我孙子坐趟飞机，去北京看看毛主席。”

窗外的阳光是那样明媚，鲜花正在怒放，像要把我的悲伤彻底驱散。情绪并没有瞬间崩溃，我似乎一直没来得及做好准备。只是一念起每一个能想到奶奶的瞬间，想到她总是半身倚靠着的床头、冒着热腾腾香气的厨房、咿咿呀呀唤我乳名的声音……再一定神，一切已是空落落的了。

不知道是车开得太快，还是我的恍惚搅乱了心神，一股一股的酸楚直往喉咙、往鼻子里涌，但始终没能冲出眼眶。我甚至为这悲伤感到疑惑，因为我始终觉得奶奶还没走，她还在家里等我。

没有订到直达的航班，我先落地在烟台蓬莱机场，朋友开车去烟台接我回家。车上我问朋友：“昨晚我一晚没睡着，奶奶便走了，你说人和人之间真的有生命的感应吗？”朋友说：“人与人之间就是有生物磁场感应的。”我又想，那奶奶是不是就是凌晨四点多的时候那口气没喘上来呢？她喘不上气，会很痛苦吗？一想到她可能遭受的痛苦，我的泪水便止不住地流了下来，淌满了脸。朋友并没有看我，只是轻轻地拍了拍我的肩膀，说："无论是谁，无论以怎样的方式离开，最后那口气都是痛苦的，奶奶并没有受病痛的折磨，这是她的福气。"我听了他的话，眼泪还挂在腮上，嘴角却瞬间咧开笑了起来，是啊，我该祝福奶奶，这是她的幸运。

就这样，我笑一会儿，哭几秒，又笑一会儿，哭哭笑笑，十二个小时的回家路，我在和奶奶一点一滴地告别。

二〇二〇年十一月十九日上午九时四十九分，奶奶的肉躯被推入火化间入炉火化。这位名唤"刘桂凤"的女人，结束了她八十五年倔强、艰辛而又幸福的一生。

火化前，殡仪馆的工作人员让我们再看一眼奶奶。我凝望着那张熟悉的安详的脸，多么想再上前去拥抱一下她。我心里反复地默念："好好走吧奶奶，好好走。若人类有灵魂，望你来世也一定幸福。"

奶奶的身体被推进火化炉的那一刹那，我的身体便止不住地打起了冷战，浑身不停地发抖，眼泪也终于夺眶而出。那是一种巨大而直接的生理刺激与情感刺痛，这个世界上曾经与你最熟悉、最亲密的一个人，就这样在你面前即将彻底地、无可挽回地消失了。我眼睁睁地看着她肉身入大火，这一次，我安安静静地站在这里，她安安静静地躺在那里，而我们的再见却是永别。

五十一分钟后，奶奶的骨灰已经装入了一个深红色的盒子里，由殡仪馆人员送到大伯、父亲的手上。又一个小时后，儿女们将她的骨灰与十六年前离世的爷爷合葬在一处。

至此，尘归尘，土归土。她便是彻底走完了这一生。

奶奶，咱们各自珍重

在墓地磕完头，奶奶的葬礼便圆满地结束了。

北方虽已初冬，那天却格外地温暖。清晨的太阳透过树梢，苍苍的翠意染了朦胧，反倒有些初春的妩媚。

蝴蝶在风中跳舞，荠菜花在田野间吟唱，蝌蚪在河涧清泉里游弋着。

记忆里，这是奶奶留给我的关于生命所有的暖意。

我一直是在深深的暖意中成长的人。

我常常在夜深人静的时刻独自想，像我这样的人，只要心中守得住一份温情，便可抵御无情世事，悠悠岁月。

上一次送别亲人是两年前，四姨猝然离开，我慌忙推掉工作，回家陪母亲。

母亲兄弟姐妹七人，感情深厚。她年纪最小，我和她说：“这次我陪你一起过这一关。但以后，你还是要学会独自面对，一一送别。”

妈妈含泪，但也郑重地点了点头。

这次一是送奶奶，更重要的，其实是陪父亲。

奶奶走后的第二天，母亲收拾旧物时整理出来很多老照片，最早的一张，是奶奶念小学四年级时拍摄的，那时还是民国末年。夜里，我到楼下拿水杯，客厅的灯已经关了，清白的月光照在银色的窗棂上，又折进屋子里，沙发上，地毯上，都铺上了一层浅浅的霜华。我以为爸妈已经入睡了，打开门，却看见父亲静静地坐在那儿，他没有脱棉衣，身体显得格外肥胖，整个人都窝陷在沙发里。他手里拿着一张奶奶的照片，就那样一个人端坐着，安静地细细地凝望着奶奶，一动也不动，月色拥抱着他，拉出绵绵长长的影子。

我没有说话，轻轻地带上了门，返回了自己的房间。

第二天，我和母亲说了昨夜的一幕，商量着把照片暂时先收起来，不想让父亲睹物思人太伤怀。母亲让我不要动，说那是父亲的念想。一直到我回北京前，每个入睡时分，我都能看见那个陷在月光里的男人，和他手中的照片。

我回京的前一天晚上，妈妈叫大伯、姑姑来家里一起吃火锅。

火锅冒着腾腾的热气，烟雾缭绕中，我望着对面已六七十岁的弟兄姊妹三人，年轮雕刻过他们的脸，染白了他们的发，三人小声地叨念着往昔，说到伤心处，大伯红了眼，忆起岁月里的一些小事，又不禁腼腆地相视一笑。

我凝望着他们这一幕，深受感动。

离去的人，给活着的人一次靠近彼此的机会。相互挂念的人，在死生面前再一次体会相依为命的意义。

给奶奶过完头七，我便要返回北京工作了。

逝者已矣，留下的人清醒过后，日子只能一如往常。

下午，我跟爸说："咱们去散散步吧。"

初冬的昆嵛山已是寒风凛冽，我裹紧了大衣，依然觉得料峭。爸的棉夹克因那鼓鼓的啤酒肚而系不上扣子，风直直地往他怀里灌。我把手搭在了爸的肩膀上，就这样默默地搂着他往前走。

这是我们父子间少有的亲昵的时刻。自我记事以来，上一次这样的拥抱还是在相片里，年轻的父亲在一棵挂满了果子的苹果树下，双手交错地抱着五六岁的我。那时候他还英武挺拔，明亮的眼睛看着镜头，藏着几分羞涩的笑意。

我们就这样沉默地往前走，只有深秋积叠了一地的落叶被鞋子踩踏出"窸窸窣窣"的交响，伴着萧萧风鸣与啾啾雀语，演奏着天地的寂寥与辽阔。

阳光偶尔穿越乌云，金闪闪地落向大地，落向远处的湖面，涟漪的波澜如千层万层的碎金子随大风奔涌而来，由浓渐疏，到了眼前，已是柔情的星辉点点了。

我打破沉默，和爸说："我和故乡的联系越来越少了。同龄的人已散落四方，如今奶奶也走了，以后回家，又少了一个可以去的地方。"

爸叹息一声，随即打开了话匣子。

今天是奶奶离开的第七天，这些天，忙忙活活，迎来送往，我知道，寡言的父亲也有许多话闷在心里，他得说出来。

他跟我从奶奶的父亲母亲讲起，讲奶奶年少时的骄傲、闯关东的无奈、爷爷瘫痪在床后的崩溃、不许他念书时的争执、与妈妈曾经的不愉快，以及如今的思念。那些或埋怨或遗憾，或辛酸或欣慰的一幕幕往事，我大多知晓，也偶有新的发现。我偶尔配合着插一两句话，大多是平日里沉默寡言的父亲在说。

奶奶的离开，许多具体的思念与伤感情不自禁，无可避免。但总的来说，我的情绪安稳，且比想象中多了几分超然。尤其是在回家第一眼见到奶奶遗容的那一刻，我以为我会彻底地崩溃，但我凝望着她，却不觉得有半点不同。

小时候读《庄子》，里面有许多关于人类的终极问题——死亡的故事与探讨。老子死时，他的朋友秦失前来吊唁，看到其他人过分悲痛，秦失对他们说："适来，夫子时也；适去，夫子顺也。安时而处顺，哀乐不能入也。"秦失是讲，人来，有他出生的时机，人死，也是顺应大自然的规律，明白这些，也就不会被哀伤所干扰。庄子之妻死，“庄子则方箕踞鼓盆而歌”，注释《庄子》的两晋大思想家郭象评论这个故事时说：“庄子在懵懂无知时，他是悲恸的；及至醒悟后，他就不再悲恸。”老庄哲学认为，人类的感情是可以通过理性和理解去化解的，认知了生死的规律和道理，也就不会过度哀伤。

但凡人毕竟有深情。

那晚，大伯和父亲在为奶奶守夜。也许是已经哭了一整天太累了，也许是他们往日也习惯了寡言，我进屋时，只见他们兄弟二人坐在里屋的炕上，一个在炕头，一个在炕尾，屋子里静默无声。脑海中突然有一个声音提醒我，要抓住这人生中特殊的一刻，不能白白地让它虚无。我打破沉默，开口道：“大伯，爸，我采访一下你们今天的感受，咱们聊聊天吧。”大伯先是一愣，看了看我，又看了看父亲，点了点头，眼泪在那一刻又爬上了他的脸，他抬起一只手，重重地抹去。也许，在这样的时刻，他们更需要有个人能说说话，说说心底的哀伤，生命的无情，难止的思念。

我从此刻问起，一个一个岁月的镜头跟随着我的提问在时间里倒叙，一一闪过。我坐在靠近外屋的炕头一侧，斜倚着墙，面对着大伯和父亲。谈到和奶奶有关的往事时，我便会轻轻转一下身，一眼便能望到她。她就躺在那里，只是像往日入眠了那般，安详地睡去。

有人在用语言说话，有人在用灵魂。

那一晚，对我，对大伯，对父亲，对奶奶来说，都是人生中一场特殊而庄重的访谈。那一刻，我们一家四口，圆圆满满，整整齐齐。

圆满，不只因她离开得如此痛快，八十五岁大睡一场一觉而去；不只因她自己摆脱了病痛缠斗，也未半点拖累儿女；圆满，更是因她活着的时候与自己、与父亲、与母亲彼此间的和解与自度。

我的父亲，曾少年金榜题名，因生活困苦，奶奶反对，而无奈辍学，自此大梦了半生，心中怨愤数十载；我的母亲，九岁失母，嫁入寒门后与奶奶在同一屋檐下生活了二十年，两个女人也整整对立了二十年。

任何一位至亲的离去，都是人生无可避免的遗憾。活着的人，如果在他们离开以前没有完成彼此内心的和解，那他们离开后，这份遗憾便会是加倍的，并会侵染人的一生。

自我念大学后的十几年来，我时刻都在尝试着弥合这个家庭琐碎但也深埋的伤痕。

每年，我与爸爸、妈妈换着不同的方式重复着同样的话题。我试图与他们讲奶奶一生的动荡、时代的不幸、曾经一代人的愚昧、她无丈夫可以依靠的脆弱、独自拉扯三个儿女的艰辛……十几年来，爸妈从一开始的排斥、不接受，到慢慢地半听半跑，直至最后的接纳，放下不愉快的过往，接纳生活的残缺，尽量去体谅老去的奶奶。

我能察觉到他们这十几年来一点一滴的变化。

奶奶入土为安的那天，已是夜里三点多。我见妈妈那屋灯还亮着，我进屋问："妈你怎么还没睡？"

"我一直在琢磨一件事，度人亦度己啊！"妈妈转过头看着我，她的眼角几处泪痕已干。

"怎么突然这么说？"我追问。

"你看，我埋怨了你奶奶大半辈子。不理解她年轻的时候为什么那么对我。但她老了，我也尝试着去理解她的不易，体谅她的痛苦。为人儿媳，诚实地说我也做不到像亲女儿那样对她，但我能做的，该做的，我也都尽力了。现在你奶奶突然就这么走了，我所有的委屈和对她的埋怨都在一瞬间消失了。她活着的时候我尽力孝顺了她，现在才发现也是度了我自己。"

我知道，妈妈心里一直有一根刺，她担心哪天奶奶卧病在床，她该怎么熬过这一关。

要求妈妈对奶奶充满爱意，是强人所难。但妈妈是对一切都充满了善意的人，她对奶奶也同样充满了生命的善意，这份善意自始至终支撑着她体面地面对人生中的一切。

人与人之间，无论有多大的矛盾或埋怨，只要存有一分爱意或善意，便总有一分等待和解的可能。

"这是奶奶在她生命的最后送给你的一份礼物。"我望着妈妈，心里默默地想，“也许命运真的是公平的，她们年轻时经历了那么多不愉快，却在故事的结尾给了彼此最好的交代。”

我和奶奶，不仅是祖孙情，我也是她最好的朋友。

她跟我讲述过所有关于她的青春、她的爱情、她的人生。奶奶也遗憾于当初没能让爸爸念书，也愧歉不知该如何对待儿媳。她说，她的婆婆，也是这样待她的。她委屈疑惑时也曾问过她的妈妈，妈妈只是对她说：“人啊，祖祖辈辈，就是这样生活的。”

我跟奶奶说：“没关系，一切都过去了。你现在只需每天大声地笑，开开心心地活，这就是你值得的一生。”

奶奶总是眯着眼睛笑着说：“我孙子说得对。学到老，活到老，笑到老。”

我和爸爸绕着昆嵛山脉下的田间小路走啊走，走啊走。我问爸爸：“还有什么遗憾的吗？”

爸说：“你奶奶走的前一天晚上，我去给她送饭。她还一直笑着让我陪她多坐一会儿。我现在唯一后悔的就是，当时怎么就不能陪她多坐一会儿呢？”

我拍了拍爸的肩膀，安慰他：“这没什么。奶奶走得太突然，留一点遗憾也好，人便会多一分念想，多一分思念。”

曾经以为人世间最大的事便是生与死。

奶奶走后，我意识到生死其实只是人生的一道自然题。

这道题目有无数种答案。有一种，是成全自己。

我踩着秋叶，弯下腰，轻轻捡起一片。“每一位至亲的离去，都让我们更接近生命的真实。死亡并不可怕，重要的是活着的人，要懂得在活着的时候成全自己。你说是吗？”

爸点了点头。

我在心里默默念：“奶奶，一路走好。咱们各自珍重。”

一株落寞的树

奶奶离世前，每次回老家去看望她，她都会拉着我的手，一会儿摸摸我的手背，一会儿再翻过来摸摸我的掌心，嘴里念叨着："看看你的手，白白嫩嫩的，真是一点罪也没遭过呀。"奶奶那年已经八十多岁了，她的眼珠已经混浊，影影绰绰的黄中带有几处青色的斑点，丝毫看不见眼眸中的黑白分明。但她摸我的手，她那有些涣散的眼神马上又有了光彩，她说："我年轻的时候也有一双漂亮的手，我们几个大姑娘去河边洗衣服，她们都说我的手最好看。"

一会儿，她又把她的手覆在我的手背上，自嘲地说："你看看现在，满手的斑，谁不嫌弃，我自己看着都觉得恶心。"她脸上挂着笑，笑得有些羞涩，也有些不甘。

"老了这关真难过啊。"奶奶总爱苦笑着跟我反复说这句话。我听着也压抑，有一些难过。这是她对于生命衰竭的哀伤。不仅是奶奶，想到父母，甚至我自己，终有一天生命也将不可避免地要老去，一大口气就不自禁地从嘴巴涌了出来，心里憋闷得慌。

回故乡的时间越来越匆忙，陪奶奶的时间也越来越短，往往去坐一小会儿就得走，要么同学聚会，要么朋友请吃饭，几天的假期总是满满当当。每次快起身要走的时候，奶奶都会笑盈盈地说："留下来一起吃饭吧。"我的回答也总是同样的："今天真不行奶奶，朋友们都快到了。"我能看到她满脸的失落，但我也并没有多想，觉得这些都是生活中自然而然的事情。我像一只欢快的云雀，冲向蓝天云朵；奶奶是一株落寞的老树，守着大地的昏黄。

一天傍晚，我照例在附近的超市给奶奶买了各式各样她喜欢的饼干、牛奶，一推开门，见奶奶正佝偻着她瘦瘦薄薄的背，半个脑袋都埋进了滚着浓浓白烟的锅里，花白的头发被这蒸汽遮掩，瞧不见她清晰的模样。

"你在做什么呢，奶奶？"我好奇地问。

"哎呀，我的孙子回来啦！"看见我站在她面前，奶奶高兴地大叫。她耳朵已经有些聋了，我开门的声音都没有听到。"早上我听你爸说你今天回来，我在给你煮你小时候最爱吃的荠菜汤呢。"她骄傲地指了指她的劳动果实，"看，这荠菜多鲜嫩，我种了满园。"

我循声望去，大锅里满满的一锅荠菜，那是我童年的美梦。

“我爸不是送的饺子吗？你不趁热吃，还做这些，饺子都凉啦！”我一边笑着说，一边把东西放下。

“留下来吃晚饭吧，我做了你最爱吃的荠菜汤。”奶奶又重复着这句话。“可我晚上有同学聚会呀奶奶，下次吧，下次我过来吃晚饭。”我赶时间，依然只是把这句话当成耳旁风，说着就准备往外走，却听见奶奶在身后用很小很小的声音嘀咕了一句：“老了，嫌我做的饭脏了。”

我的心像是被什么东西钉住了，我的脚也被钉得死死的。我一面觉得委屈，奶奶怎么会这么说我，一面又在质问自己，心里是否曾真的闪现过这种念头？哪怕只是一瞬。

我迈不开脚，嘴巴也张不开，费了很大的力气才跟奶奶开口：“你太能胡思乱想了。那我不出去了，咱们一起喝荠菜汤。”

奶奶瞬间高兴得不得了，又是搬大桌子，又是重新洗碗，好像刚刚一切黑暗的涌动都没有发生过。

夕阳的余晖洒在我和奶奶身上，洒在青花瓷碗盛满的汤上，荠菜上浮着的油点在日光的沐浴下折射着恩慈的光，神圣而温暖。

吃着吃着，奶奶的泪水顺着她那已满是褶皱的脸往下落，“噼里啪啦”地掉进了菜汤里。

我抬头一瞥，院子里的角角落落，不知何时冒出了一簇簇青青的荠菜，暮春时节，有的已经开出了朵朵小白花，随晚风摇晃着它们的小脑袋。也许是花粉飘到了我的鼻子里，我揉了揉鼻子，有些酸涩。

我重新认真地打量起奶奶。

她上身穿着一件紫红色的针织薄外衣，左右口袋的位置各绣着一朵牡丹花，配一条浅咖色的裤子，让人看了欢喜又不落俗套；头发虽已花白，却打理得干干净净，鬓边的头发整齐地别在耳后。春夏秋冬，妈总是变换着样式给奶奶添置新衣，换换发型，村里的老太太都羡慕奶奶洋气得很。

爷爷走后，奶奶坚持一个人住，不跟儿女，也不去养老院，说在自己的家里自在。几次劝说无果后，大伯和爸、姑姑便每日三餐来送饭，屋子里摆满了各种零食与瓜果，彰显着这位老太太来自儿女们富饶物质的供养。

只是这碗荠菜汤，让我对奶奶又多了一分理解与怜悯。

她是多么需要和孙子共进一顿晚餐，这不仅是因为她更需要陪伴，需要精神世界的温暖去抵御岁月的凉薄，更重要的是，这顿晚餐必须是她亲手做的，哪怕她八十多岁了，她也在顽强地向最亲近的人宣告：她还有用，她还有活着的尊严与价值。

近几年，每次去看奶奶，她都会无意识地反复做一些同样的动作，或是隔十几分钟，跟我讲同一件往事，又问我："你知道隔壁阿婆前段时间走了吗？"我回："知道，阿婆不是去年就走了吗？"她好像恍然大悟般停顿了几秒钟，接着便低头自言自语："是吗？这么久了吗？我以为你不知道。"

我问爸："奶奶是不是有一些神志不清了？"爸说："大部分时

候还是很清醒的，偶尔会迷迷糊糊，毕竟快九十岁的人了。”

生命不可逆地走向衰亡，连最亲近的人都觉得糊涂也无关紧要。

我的奶奶，一生活得那样倔强不服输，到了晚年，也依然不肯放过与生活较劲的机会。

隔壁阿婆以前总是偷偷跟我说：“你奶奶这个人啊，别人半点便宜也占不到她，实在精明厉害得很。”

隔壁阿婆是奶奶的闺密，两人从小一块儿长大，又一起嫁到了同一个村子里，这是多么大的缘分。奶奶八十岁那年，不知道因为什么事和阿婆恼了，两个八十来岁的老太太在门口站着吵了一下午，陈芝麻烂谷子的往事都被翻了出来，无非是谁当年借了谁两斤粮食，谁在谁投奔无门的时候给了热炕头，细听起来本来桩桩件件都是情谊，那一刻却生生成了对方是白眼狼的铁证。两人闹掰后，每次我去看奶奶，她都要跟我念叨隔壁阿婆的“不是”，一说便是好几个小时。还是那些芝麻绿豆的事，并且奶奶每次说的还自相矛盾，然后我去看阿婆，又得再听一遍阿婆的版本，完全就是另一部电视剧的剧本。

我偶尔笑她：“人老了计较这么多干吗？你们两个也不嫌丢人。”奶奶眼睛一横说：“老了更要计较，什么都不计较，怎么活下去。”我心里一惊，原来想说的劝慰，又咽了回去。

后来有次阿婆生病了，我问奶奶：“要是哪天阿婆先走了，你去不去送她？”“不去，我不去。”奶奶低着头说。我当然知道她是嘴硬，每次阿婆有个小灾小病，奶奶都是最关心着急的。奶奶感冒了，阿婆也会一边把药递给我，一边装模作样地跟我说：“我这儿有药，你去问问那个老东西敢不敢吃？”

人老了，真的就跟小孩子一模一样了。情义是真的，别扭也是真的。谁都不肯先认输，谁也不能先妥协。儿女们笑她们“老不羞”，胡搅蛮缠。但我知道，对她们来说，她们就是彼此生命尾声最后一分光照，在精神的上空，她们拿出了生命里所剩无几的力量，全力以赴地为对方去爱恨。

这是她们彼此的陪伴。

去年初冬，隔壁阿婆走了。一天傍晚，我去看奶奶，天虽刚暗，北方的夜却已浓得如墨汁浸染。我推门而进，屋子里没有一丝光亮，我心里有些忧惧，奶奶是早早睡下了吗，还是生病了，怎么不开灯呢？我急忙走到里屋，隐约看见奶奶一个人坐在窗前。

一场小雪刚过，银白的月色映着窗棂上斑驳的雪迹，错落出几缕清宁的光。这光又打在奶奶一片片花白的发尖上，浮起一层淡淡的黄晕。

“你在那儿坐着看什么呢，奶奶，怎么不开灯？”我问得慌张。

奶奶回头看见是我，“哇”地委屈似的哭了起来：“你阿婆怎么这么狠心啊，她就这么一个人走了……”

阿婆走了，奶奶便连个可以“吵架”的人都没有了。

我的心被这初雪打得潮湿，黑暗里那月色映着的黄晕也被渲染得越来越大，奶奶单薄的身影被笼在这昏黄里，是那样孤单。

而如今，我亲爱的奶奶，你和阿婆在天堂可有再相逢？

醉酒的父亲

奶奶走后的某天傍晚，我和爸通了一个视频电话。我有些羞怯，但还是鼓起勇气，郑重地开口说："爸，谢谢你。这些年你辛苦了。"

电话那头，爸正站在院子里，身后的晚霞如织锦般层层叠叠，把他的身影笼罩在一片暖熏之中。他愣了一下，眼眶慢慢地泛了红，和晚霞融为一色。数秒钟的安静后，爸缓缓地抬起了手，反复揉搓着眼睛，把泪水抹去。

我的内心也迅即涌上一股巨大的悸动，那一刻，万物静止，我的世界里只有父亲。

我从未曾想象到，我们父子之间，一句普通的感谢竟有如此大的力量。我反复回味着这片刻奇妙的生命体会，如夜行百尺举首明月，黄沙千里望眼绿洲。

当我说出"谢谢"这两个如此平凡的汉字时，内心五味杂陈，而藏匿在其中最大的情绪，竟是一份说不清道不明的委屈与内疚，似乎是在为自己这么多年来对父亲的误解而自责，也是为自己终于与父亲的某种彻底的、完整的和解而喟叹、而动容。

这简简单单的“谢谢”二字，是一种胜过千言万语的心理抚慰，被这生命体验所恩赐的，不仅是父亲，也有表达谢意的我。

亲密的人，相互之间要学会说感谢。表达爱，是弥合创伤最好的药。

我在想，为什么我不能早一点，和更多关心的人、爱着的人，说一声爱与感谢呢？

之所以要对父亲说这声“谢谢”，是因为到了三十多岁，我才慢慢看清楚了一些事实：我的父亲，是一位了不起的父亲。

少年时，心中父亲的形象是阴郁的。与总是笑着面对人生的母亲相比，儿时记忆里的父亲总是垂丧着脑袋，脾气暴躁，常常醉酒。我有些惧怕他，内心里一直排斥与他亲密，保持着父子间某种遥远的距离。

工作后，我了解了父亲的成长背景、身负才华却被家庭拖累的不幸，又在时代的动荡中郁郁不得志。我对他有了许多理解，也惋惜于他的遭遇，那些负面的情绪便慢慢地消失了。但我依然认为他只是一个普通的男人，没有多大本事，却也在尽心尽力地活着。

我一直以为，这便是我对父亲，对这个年近六十的男人所有的认知，也是我们父子间能够抵达的最大的体谅。

直到奶奶走后的这些天，我在与父亲的许多次交谈中，愈发拼接出一个我从未知晓，也从未了解过的父亲的形象。而这个父亲，其实非比寻常。

爸说："与你奶奶的纠葛，我心里早就放下了。当年你奶奶不让我继续念书，也不能完全怪她。说到底，还是我自己能力不行，没有足够的毅力。多少人在困境、逆境甚至绝境里逢生，我做不到，是我的性格和能力不足。这是我的命，怨不得别人。即便是自己的爹妈，也不能怨。"

爸说："我也在努力地控制自己的脾气。但有时候我自己也意识不到，控制不了。这都是小时候根儿上带来的，加上早些年过得也不如意，养成的毛病，只能靠后天的学习慢慢改吧。唯一庆幸的是，你长这么大，我还是尽力控制住了自己，没和你发过脾气，没让你变得跟我一样。"

爸说："你爷你婆那代人也不懂教育，我在成长的过程中遭受了很多不好的事情。老爸没什么本事，也不懂教育，我只能尽力避免我所遭受的一切影响到你的成长。"

…………

我默默地听爸断断续续地说，心中却早已如大江奔涌，惊诧不已。

原来，三十多年来，我对父亲其实充满了误解与偏见。

一直以来，我虽然嘴上不说，但心里还是厌烦他的某些性格和习惯。比如他动不动就发脾气，丝毫不顾及他人的情绪和感受；比如他心思狭窄，看问题总是偏于负面；我更是坚定地认为他是很难自知与自省的人，生活缺乏不断学习、不断往前走的力量。但他的这些话却让我惊愕，原来，这么多年来，他其实一直在慢慢自我认知，慢慢学习，慢慢成长，慢慢改变。只是也许他没有获得更多高等教育的机会，一切都进行得缓慢；只是也许他从来沉默，从不表达。而误解他的，抱有偏见的，一直是我。

我又想起了一个场景。

那天中午，爸和朋友外出聚餐，喝醉了酒。

多年观察下来，我总结爸喝酒后有三种“境界”。

第一种是微醺。喝得不多，介于似醉非醉之间。乙醇产生的欣快感让这个平日里沉默寡言的男人仿佛突然间变成了另一个人，他要么围在我妈身旁黏黏糊糊，要么便是和我说一些平日里从不会吐露的话。比如那天一回家，他开口第一句就是：“儿子，你说老爸是不是特别棒？他们请我吃饭，我说我得回家给儿子做午饭呀，我哪儿敢多吃，这不马上就回来了？”他脸上堆满了笑，我一听便知道他喝了酒，接不住他这些肉麻的话，还给了他一个白眼，就转身到屋子里继续看书了。

第二种是醉酒。酒量到了他的临界点，看似有意识，其实已糊涂。爸便不会再和我跟妈说话了，可能潜意识里他也有记忆符号，知道我们厌弃他喝多了的丑态，他的固定交流伙伴便选择了家里的狗。他坐在地上，双手握着小狗的爪子，唐僧念经般地数落起它平日里的不是，偶尔也表扬它的懂事乖巧。拉布拉多真是聪明的狗，它大多时候会非常得体地配合我爸的酒后表演，一会儿讨好地用舌头舔舔爸的手，一会儿谄媚地抬起一只小脚搭在我爸圆滚滚的肚子上。但如果这表演的时间超过了十分钟，它也会变得不耐烦起来，屡次试图挣脱，并向我和妈发出求救的哀嚎。我和妈每每这个时候便会更加气愤，为狗狗的不幸和牺牲而心有戚戚焉。

第三种是大醉。整个人完全失去意识，倒头便睡。除了要挪动他一百八十多斤的身躯外，这种酒后蒙头大睡的状态倒是最少惹我妈妈厌烦的。

平日里，妈几乎每天都要反复叮嘱他少喝酒、少喝酒。我倒是理解男人们在一起难免酒过三杯，也知道爸喜欢一群朋友弟兄聚在一起热热闹闹，所以我并不会多说什么。只是这两年带他体检，爸的尿酸、脂肪肝指数都严重超标，医生多次提醒他戒酒，我也开始时常劝他节制。

那天，见他又醉醺醺地回家，我便有些不耐烦。“你前天刚喝多了，今天又喝。我不反对你喝酒，只是要懂得适度。说了多少次了，但你怎么一定要这么没数呢？”

爸明显处于醉酒的第二种状态，正坐在地上拉着小狗的爪子和它说话，小狗看了我一眼，满是求救的表情。爸又拿出了那一套说辞：“我跟你说哈乐，我的工作就是需要应酬，大家都喝酒，在这种小县城，不像在你们大城市，你说我能不喝吗？除非我不干了，你说我能不喝吗？”

我有些厌倦这种反复的无意义的争论，语气暴躁地跟他说：“你随便吧！你自己想想，你这样那样的病，哪一项不是因为喝酒引起的？反正到时候遭罪的也不是我。”

爸坐在地毯上，听到我这句话突然“嗖”地起了身，摇晃着他那圆滚滚的肚子走到我床前。他双眼通红地看着我说：“我跟你说哈乐，我将来病倒了，我也用不着你，也用不着你妈，我自己的退休金照顾得了我自己。我知道哈，我没什么本事，什么都没能帮上你。你有今天的成绩，老爸也跟着高兴。我但凡有些本事，就能帮你发展得更好，我知道，你心里埋怨我。你放心，我也不会给你增添任何负担。”

我被他带着酒气的话说得一愣一愣的，心里想这都说的哪儿跟哪儿呀。心里有些委屈，有些生气，又觉得好笑。

晚上，我和妈说了爸中午和我说的这番话。妈却说：“你要理解他，你爸挺不容易的。他那是内心深处觉得对不起你。当爸的没能为你做得更多，他觉得是自己的能力不够，心里有愧。”

我的心像烙铁过金水，被惊得滚烫。

一番为了他的身体的说辞罢了，爸怎么会这么想呢？我从来没有，哪怕一次都没有觉得他有任何对不住我的地方。是因为为人父母，总是希望为儿女做得更多吗？还是因为我平日里对爸的其他情绪，让他有了我埋怨他的错觉？

原来，我们父子间，那些被我们小心翼翼彼此隐藏着的情绪，却早已在不知不觉中令对方心生误解。时间加重了尘埃，直到完全掩盖了真相。

幸运的是，生活也一直在给我们机会去发现、去自省、去表达。

我开始重新审视我的父亲。

我想起爸平日里每晚都会坚持看书，金庸、古龙、梁羽生、温瑞安，我所接触的武侠小说都是从爸的床头阅读而始；毛泽东、周恩来、蒋介石等人物传记，也是自小便跟着他常读的书；更别提那些杂七杂八写遍社会风情人间百态的书籍了。我到了现在，就在此刻，才猛然察觉到，我心中一直存有的某种大山大海、江湖情义的格局与意象，其实都是爸无声中给予我的。

我也才乍然意识到，与细腻的、烟火日子里无处不在的母爱相比，父亲的爱似乎总是模糊的、粗糙的，父子之间尤其如此。但父亲的影响又远比我们想象的更深远，如果说母亲更多影响的是子女人格的完整、情感关系的互动，父亲则建构着子女们的行为规范与处世原则。

人们常说父爱如山，但这座山到底是什么样子的，我们也许从来未曾认真地去感知过，但他在那里，山脚下这方被称为“家”的土地，才有了尺度，有了方圆。

前几年，已经忘记了具体是什么事情，我向大伯抱怨，说爸看问题太狭隘。大伯回我："你爸是极聪明的人，要不他怎么考的状元。只是家里太穷，他没有继续念书的机会。你想想你自己是不是也是一点点随着不断地读书、见识世面才越来越好的。你不能站在你现在的位置去要求你爸，那不公平。"

我当时还觉得大伯拉偏架，心里不以为然。今天再想，我对爸的那些过度理想化的要求和想象，不过是我自以为是、想当然的妄念。我何曾真正理解过他成长的不幸、生活的阵痛、内心的爱恨，何曾真正接纳过他性格的残缺、无奈的命运、无能的挣扎？

我并没有。

在中国的传统社会语境中，家长一直就是家长，而孩子也从来没有把家长当成一个鲜活的生命去体会。我们是各自不同的生命，我们各自有完全不同的生命轨迹。只有真正了解、理解并接纳了他们真实的一生，两代人之间才有真正意义上的完全和解，而我们，也才能从中寻找到真实而完整的我们。

我的父亲，赐予我他聪明的智力与基因；在原生家庭中所遭受的伤害，在成长中所承受的不公与委屈，他竭尽全力地避免影响到我，并且，他做到了。他也曾迷茫，也曾无助，但他依然肩负起了这个家庭，与母亲一起为我创造了充满自由、充满爱的童年，让我无忧无虑地成长；虽然缓慢，但他也在以自己的方式自知、自醒、自度，完成了他与奶奶的和解，与自己的和解，也在深厚无言的爱中警醒着我，他的儿子，与父亲的完全和解。

这，难道还不是一位了不起的父亲吗？

去年春节假期回家，飞机落地到家时已经夜里十一点多了。爸爸帮我把行李箱拎进屋子，妈妈在厨房为我准备夜宵。她端着一大碗土豆鸡蛋汤卤的面条给我，一脸神色黯淡、郁郁寡欢的样子。我问她："怎么，身体不舒服吗？"

"没有，没有不舒服。"

"那你这神情怎么这么难看？和我爸又吵架了？"这么多年，我已经很是了解妈妈言行举止背后的情绪了。

"没事，吵什么架呢。"她转身又回了厨房，给我端来青萝卜和豆腐丝两碟小凉菜。

"说吧，早晚得说，我听听我爸又犯什么错了。"我笑着打趣她。

"唉，本来我不想和你说的。要不是你问起来，我就不说了。"她马上说起来，"你爸前几天又喝多了，打电话给人家肉铺买了一千多块钱的猪肉，人家还问他买这么多做什么，你爸醉醺醺地质问人家说，还怕他买不起吗。我回来一见这一屋子的猪肉，气得我血压都升高了。这往哪儿放呢？冰箱全都是满的。医生都说了多少次了，戒酒戒酒，我也不是不让他喝，你看看他，天天喝……"

妈妈平日里若是受了什么气或委屈，绝对不会主动和我说，却会毫不掩饰地全都写在脸上。我如果问了，她也一定会以“不想让我操心”等理由严词拒绝一番，我必须秉持着诚恳的态度再追问一遍，她才会娓娓道来她的诸般“不幸”。倘若一说起我爸喝酒的不是来，妈妈就更是铆足了力气，像是自己先醉了一般，那言辞如黄河之水，滔滔不绝。

“妈，关于我爸喝酒这件事，我想了很久。他的工作，他的朋友，确实都需要他常常喝酒，最关键的是，他自己也喜欢。如果强行让他戒酒，他会活得不开心。人生一世，不就图个开心吗？你活到这个年纪，应该也意识到了，其实人各有命。我当然希望爸爸身体健康，但该说的都和他反复说了的前提下，我爸有他自己的命运。作为儿子，我能做的只有两点：一是平日里时常劝导他，提醒他饮酒适度；然后就是努力工作多赚钱，万一将来他真因为喝酒生病住院了，我支付得起更多的医疗费用，也可以请好的护工替你减轻负担。而且你看我爸现在喝酒也都不过几杯，他自己心里还是有数的。爸爸有次打电话跟我说他这几年过得很快乐，我听他说这句话的时候差点掉眼泪。怎么说呢？就是身为人子，特别希望你们能过得幸福。你平日里该劝他的时候就劝，但也不必因此而自己生闷气，或是和我爸吵架。尊重我爸的选择，也把更多的精力放在自己的生活上，你都六十岁了，还有很多美好未曾体验，现在家里有条件了，放开手脚，去经营自己喜欢的人生。”

妈妈一向懂我，她认真地点了点头。“好，我明白了。你放心。”

写本书的过程中，奶奶离开了我们。奶奶是家里最后一位离去的老人。前些天，我与父亲通视频电话，我平日很少单独与父亲通话，那天也不知是为什么，人在旅途，心里却总是惦念着他。他接通了视频，我只是看了他一眼，眼泪就直接涌了出来，我的父亲，他的头发怎么就一下子全白了？我早就意识到了他在老去，但那满头的白发还是让我不能接受，心理上陷入了巨大的悲伤。我曾经对于父母老去的某种坦然，原来不过是一场虚浮的想象。我转过脸去，不想让他感受到我的情绪，强撑着笑意和他说："爸，你看，我身后那片麦田多灿烂！"

晚上，我单独和母亲通话说了心里的难过，她说："你奶奶走了，你爸爸前面的那道墙也就倒了。"

姥姥姥爷，爷爷奶奶，是挡在爸妈和死亡面前的一堵墙。

我与父亲之间一直有一场隐形的战争。

我对人生的渴望、追求、爱恋，与父亲的期待总是殊途。我念大学时，他便希望我毕业后能回家乡当一名小学老师；研究生毕业后，他又希望我能在大城市里当一名中学老师；终于，我博士后出站后留在高校做了一段时间大学老师，那是他最自傲的时刻。安稳，是他对我人生所有的希望。成为一名主持人后，我有幸专访、对话过很多有名望的人，基辛格、褚时健、金庸、吴敬琏……有媒体把我评为国内新一代学历最高的主持人，他恨不得把那篇报道翻烂了，才终于肯放心我的选择，走起路来也开始带着些许骄傲。如果我能听从他的意见，“学而优则仕”地选择去当官，那他简直会高兴得飞起来。面子，是他对我的职业最大的在意。还有许多他欲言又止的时刻，我总是一面小心翼翼地维护着他的渴望，一面又试图努力摆脱他的影子。我的心底一直有一个声音在呐喊：“我的一生，不只是你们的孩子。”

幸运的是，因为彼此深爱，这场两个男人间的微妙斗争从没有过高潮，只是一直在缓缓地、缓缓地纠缠着。而这一刻，我的父亲，他竟先老去了。他变得苍白、温柔、依赖、记性不好……在雄性动物权力的较量中，父亲总是天然地要先输的那一个，而胜利的儿子，终会在某一刻顿悟：胜利者并没有什么值得骄傲，因为始终深爱我的，是我的父亲啊。他总是在不远处凝望。

人生中最隆重的时刻，原来不过只在分秒之间。

我知道，我与爸妈，我们三个人，在往后余生中，还要经历许许多多的坎坷曲折，困苦艰涩，生离死别。

但感恩生命给过我们这样的机会，以此为节点，我们将相互体谅，相互成全，共同成长，共赴此生。

爱给我们抵达完整生命的机会

二〇二〇年疫情初期，几年前我专访韩红谈公益慈善的节目片段被许多媒体纷纷转载，几度热搜刷屏。韩红当时压力很大，我也特别写了一篇文章回应媒体的关切，希望大家不要神化她，更不要妖魔化。认真做公益的人都不容易，历史告诉我们，狂热地神化一个人和毁灭一个人往往不过一线之间。

除夕夜当晚，我的许多记者朋友已经身在武汉展开了调查报道。我虽然人不在一线，心却一直跟随着前方不断传来的消息而跳动，完全没有心思过春节。许多消息触目惊心，真假难辨，我发了删，删了又发，有些崩溃。一月二十五日夜里一点，韩红给我发来微信："弟弟，不许颓，相信我！我将用我的生命保护他们！"那时，韩红慈善基金会的援助物资已经在新年的夜色中，驶向了武汉。

专访韩红那期节目，我们谈公益、谈慈善、谈音乐，但其实这些并不是最打动我的。最打动我的，是她谈奶奶的离去。

我问韩红：“这几年，你生命最关键的转折点是什么？”

刚刚还兴致昂扬地为我们即兴清唱了一首歌的韩红突然陷入了沉默，她低着头，看着光滑洁白的桌面，许久，她才缓缓地开口：“二〇一五年三月八日，我的奶奶离开了这个世界。那段时间，我每天都是哭着睡着的。睡醒了，我就继续坐在家里，一个人对着镜子哭。她走了，留下我，要自己来思考和面对人生。”

“奶奶是你生命中最重要的人吗？”她没有抬头，但我依然追随着她的眼睛。

“奶奶是我生命中最重要的人，她把‘信仰’这两个字写进了我的身体里。”韩红望向我，目光坚定。

“我奶奶是最早发现我有音乐天赋的人。我三岁左右，她教我学习数字123，她写在纸上教我念‘1’，我看着她，说‘哆’。

“我骨子里是一个有锋芒的人，是个有争议的人。但要感谢我的奶奶，从小她就时常给我讲，无论如何首先要做一个有教养的人。

“奶奶的离去真正给了我一段思考人生下半场该怎么走的时间。以前很多事我会觉得特别委屈，会愤怒，现在年纪大了，也从内心真的接受了这一切。在人生得到和失去的天平上，我得到的东西要多得多，珍贵得多。”

不是被爷爷奶奶拉扯大的孩子，也许对这份祖孙情很难感同身受。韩红的童年是不幸福的，她没有得到父母完整的关爱，没有机会像许多孩子那样无忧无虑地成长。但老天恩赐她最大的幸运，便是这份来自奶奶的无私的爱。奶奶的爱，是她在这个世界上面对一切的底气和底色。

一个真正成全了自我的人，也一定是利他的。我想，公益对韩红而言，也不止于一份慈善，更是她与自己、与痛苦、与童年残缺、与灵魂深处和解的一种方式。这条和解的路，因为伴有悲悯心和使命感，让众人赞美与感动。

爱给我们抵达完整生命的机会。

二〇一八年一月二十三日晚，万科集团创始人王石在北京水立方举办了长达三个多小时的跨年演讲，我受邀担任这场活动的策划人与主持人。这场活动内容丰富，其中最打动我的，是时年六十七岁的王石对于已离世的父母的幡然追忆，对亲人生死的生命反思，对女儿的爱的表达。

此前，我已经与王石有过数面之缘，也做过两期节目专访，创业、攀登珠峰、读哈佛、赛艇，包括他的感情生活……在我心中，我一直把他视为人类不断拓展生命宽度的标志性人物之一。再度见面，便是活动的第一场策划会，当时震动全国，持续了数年的“万宝之争”总算是有了一个结果，王石侃侃而谈，跟我们分享他这场跨年演讲想要表达的内容。

我听了却直摇头。

他坐在沙发中央，面容清癯，眼神天真，落日余晖透过落地大玻璃窗洒下一地辉煌，投映在他的眼眸中。见我沉默摇头，他语气冷清地问我："毕博士，你有不同的看法吗？"

我望着他的眼睛，总是能看到眼底深处那汪清澈的东西。工作原因，我接触了国内外许多企业家，我天然地喜欢捕捉这些复杂人物背后某些深藏的光色。我盯着他的眼睛道："不是不精彩，而是这些经典场景公众大多已知晓。我想听一些未曾了解的故事。"

"比如？"他反问我，"你想知道什么？"

"比如你到底从哪儿来？你和你的父亲、母亲，是一种怎样的关系？他们爱你吗？你的性格、人生的每一步选择，是否和他们相关？我从来没有看到过这方面的报道。"我面带笑意，语气和缓。

王石看着我，一会儿又看向他的秘书冯楠和其他同事。"不是我不想讲，而是我并没有太多的回忆。"

气氛开始有些肃然。一位同事试图打圆场，笑着说："那咱们先聊聊别的东西。"

"这些是关乎我们完整生命最重要的事情，你再慢慢想想。"我没有松口，继续道。

他抬起眼睛，看了看我，又低下头，突然陷入了长久的沉默。

接下来的整个下午，我们便在这种时续时断的沉默中草草收场。我意识到了谈话的不顺利，心里也做好了最坏的打算。

第二天清晨，初冬的阳光依然放肆，尤其是透过玻璃聚拢在屋里时，一屋子早春般的明媚。我刚落座，便听见王石与一行人说说笑笑地走了进来，我抬起头，见他满目华彩，笑意盈眉，恍若少年。他向我走来，嗓音益然清亮："我昨晚回去想了一晚上，关于你问我的问题，我想起来很多我和我父亲母亲的故事。我说给你听听。"

我也跟着笑，点了点头。

他讲的第一个故事便打动了我。

"细想我母亲对我的影响，实际上来讲我们的关系一度是非常冲突的。我母亲非常强硬，我往往有点躲着她，完全听不进她的意见。我和母亲之间紧张的气氛一直持续到了一件事情，我才感觉到我母亲对我的关心，而这已是多少年之后了。"他说着说着，语气轻缓，进入了回忆的隧道。

王石父亲离世后，他把母亲接到深圳一同生活。虽然是在同一屋檐下，但因为王石经常出差，也很少回家住，母子二人很少见面，更说不上几句话。直到有一天，王石回家睡觉，半夜醒来后，发现卧室的门开了一个缝，他本能地起身想去把门关上，却发现他的母亲站在门外，透过半开的门缝在远远地看他。他问："怎么了，妈妈？"老太太什么话也没说，他也没多想，两人便各自睡去了。过了一段时间，有次他半夜又醒了，看到屋子的门又开了一个缝，和上次的情景一模一样，他这才回过神来。“我知道我母亲在看我，我就没敢动，我知道我这样一动，她一定就回去了，因为她怕打扰我，又想来看我。那时候我就忍着，最后忍到身子都僵硬了。”

我想象着那一幕：一道窄窄的门缝，里面的儿子一动不敢动，门外的母亲也是一动未敢动。

生命里多少深情原来都珍藏在这点滴之间。

记忆的阀门一旦开启，便止不住了。

他想起他结婚时，母亲送了他一条二手的羊毛毛毯。母亲有八个儿女，清贫的日子，给孩子们准备一件像样的结婚礼物便是她的头等大事。他想起他创业初期，公司上市，当时股票根本发不出去，母亲把她的退休金全部拿出来买了股票。实际上她也不知道股票是什么，只是因为是儿子的创业公司，她就一定要买。他想起他朴素、老实、热爱自然的父亲，今天他喜欢植物、喜欢登山也许都是父亲潜移默化给他带来的影响……

那一刻我望着他回忆父母漫漫谈来，如同望着一个幸福而天真的孩子。

我也才意识到，无论是谁，无论做出多大的丰功伟业，无论走过多漫长的岁月人生，我们对父母的认知其实永无尽头，父母赐予我们的爱也永无尽头。

二〇一八年一月二十三日，在水立方三千多名观众的见证下，王石登台演讲。第一幕，便是王石父母合葬的照片。照片从大幕上落下，二〇一七年十二月，他的父亲母亲在八位儿女的见证下完成了合葬，三十七点九平方米，一共可以安放三十四对六十八个骨灰盒，王石把三代人的生死事都做好了安排。

站在舞台上，王石说："我在这里想说的是什么呢？是我们应该如何去看待生命。我们往往谈到死，谈到亲人的离去就会很沉痛。我们为什么不更多地去看到他们给我们的生命带来的欢乐呢？让我们更好地继续生活下去，在他们身上获得力量，获得精神。我也应该更多地主动把内心对女儿的深情表达出来，这样才不会成为遗憾。我也想借这个舞台对我的父母，对我的女儿说一声：我爱你！"

所有人的命运都指向童年

以往录制节目时，凡谈及亲情话题，总是最易引触嘉宾们内心深处柔软的地方，也总易让大家落泪。而关于“泪水”的处理，也曾引起过同事们几度激烈的探讨和争论。

过往，很多嘉宾都曾泪洒节目现场，有人泪流满面，有人崩溃，号啕大哭，我跟编辑老师说：“咱们通通剪掉。”

导演理解我想要保护嘉宾的意图，但又认为只要嘉宾的情感是真实的，我们就有责任呈现真相。我同意一切以真实为前提，可往往情绪激烈时刻的真实未必是理性的真实。于公，我始终认为，不建立在理性意义上的大情绪并没有太多实质价值；于私，我不能因为嘉宾对我的完全信任和感性冲动而承担意外的风险。

但这其中，一些自然而然的、克制而不止的、朴素真挚的感情流露，却往往最撼动人心。

专访我的朋友婕时，我便未忍心剪掉她动情的镜头。

所有人的命运都指向童年。

婕六岁时，常年争吵的父母终于选择了离婚。

她清楚地记得，去小学报名那天，爸妈正闹得不可开交，已经没有人顾得上她上学的事了。最后多亏了一位好心的邻居带她去学校报了名，才没有耽误她念书。被最爱的人忽视所带来的伤害，六岁的孩子也许当时并不能说得清楚明白，但深刻在心中的伤痕却需要她用一生去治愈。

原生家庭的动荡给她带来的伤害是双重的。

小时候，父母常年的争吵给婕造成了巨大的心理阴影，她患上了一种学名被称为“夜啼”的病。婕经常半夜起来大闹、哭喊，一闹就是两三个小时。那几年，她没有办法上学，也无法正常作息，只能靠吃安定药入睡。随着身体慢慢发育长大，这个病表面上似乎是随着时间逐渐消去了，但心里那曾吞噬一切的阴影，却逐渐被记忆封存，慢慢隐匿在潜意识里，撕咬着她的心灵。

这个病一度成为她内心最隐匿的秘密，是她最害怕别人知道的往事。

另一重伤害来自社会的偏见与歧视。

婕说：“我小时候遭遇的问题，其实就是所有人都觉得我比他们低一等。”婕每次出门，总能遇见一些邻居或者亲戚说：“她爸妈离婚了呀。”“哎呀，真作孽，真是可怜呀。”那种怜悯，在婕幼小的心里是带着某种轻视和蔑视的。在成年人不断给她灌输的思想中，她根深蒂固地认为自己很可怜，下意识地感觉自己事事不如人，这造成了她极度的自卑。

贫困加剧了这种自卑感。

婕小时候家里住房条件很差，她和妈妈住的上海老棚户区的房子，总体面积加起来一共九点八平方米，从六年级一直到大学一年级，她在那里整整住了八年。

刚住进去的时候，屋里没有厕所，也没有浴室，连煤气都没通。每次洗澡时，婕都是自己在楼下的公用煤气上煮一大锅水，烧开了，再一点一点地拎上去，在楼上挂一个小的浴帘，一盆水，洗一次澡。夏天的时候支蚊帐，每晚睡觉时总有几只老鼠在她的蚊帐前面打架，打得可凶了，它们一边打还一边发出“吱吱吱吱”的叫声，婕就在蚊帐里，坐床观鼠斗。

一直到二十多岁，婕最大的梦想就是想要有一个属于自己的小房子，属于自己的地方。

婕记得她很小的时候，邻居家有一台黑白电视机。每天下午邻居在家里看电视时，婕就趴在窗户外面跟着一起看，邻居看几集她就站着看几集。有次邻居发现了她，便一声不吭地把窗帘“嗖”地拉上了。婕觉得很委屈，她心里想：“我又不碍着你，我在窗口看看也不行吗？”

读高中时，她还需要靠学校的助学金交学费。那个时候，她特别害怕同学们知道自己家里的情况不好。所以在成长的很长一段时期当中，她一直有些轻度的自闭，很少与周围人说话，也从不喜欢与人敞开心扉去交流。

教育心理学反复告知我们一个常识，当一个人在成长的关键期因为爱的缺失、生活环境的动荡等因素而缺乏足够的安全感与稳定感时，他的心理便会在成年后长期处于一种比较幼稚的状态。婕说自己其实一直是心理成熟度特别低的一个人，一直到念大学，第一次遇到了生命中最好的一群朋友，她才开始慢慢学会与人沟通，慢慢地打开自己。

而婕曾遭遇的困境，何尝不是今天中国数千万离异家庭、弱势群体等社会人群所共同面对的成长问题、生命问题、社会问题？社会能否以平等的心态面对他们，面对所有弱势群体，也在考验着我们的进步与文明。

所有人的人生都是一体两面，在不同的状态中迅速找到自己、面对自己，将痛苦与黑暗的经历转化为力量与价值，是我们一生都需要面对的必修课。而一个人只有真正认知、接纳了自己的残缺，并寻找到人生的支点，生命才得以无限趋近于真实与自由。

成年后的婕用了十几年的时间与这种自卑的心态斗争。幸运的是，她在熬过了漫漫长夜和痛苦后，终于凭借顽强的毅力，凭借对音乐的热爱与执着慢慢找到了真实而饱满的自己，并绽放了璀璨的光。

我问婕："恨过父母吗？"

她回答坦荡："曾经对他们是有一些怨恨的，我觉得他们没有在我小时候很好地保护我，造成了我性格上的很多问题。但其实工作了以后，慢慢地我开始理解爸妈，他们也是身不由己，他们也不想这样，但是那个时候的他们做不到。从大学毕业开始工作，我跟父母有一段和解期。然后慢慢地，可能某一时刻你突然看见妈妈头上有根白发，某个瞬间，你看到父亲好像苍老了，然后你心里会觉得过去就过去吧。"

"你觉得他们爱你吗？"

"他们是爱我的。"言及此，婕眼中泪光弥漫，"人生有很多的无可奈何，也许强求两个人在一起，给彼此、给孩子带来的伤害会更大。但即便选择分开，父母也应该让孩子感受到你爱他。毕竟，爱是两代人和解的唯一基础。"

两个爸爸

静怡自杀那年，我正在念大学二年级，她马上要读高三。

家里打来电话，我妈喘着粗气说："糟了，出大事了。静怡出事了。"我劝她别着急，慢慢说。妈长吸了一口气说："你王姨回家看到静怡留了一封遗书，我们报了警，现在大家伙儿都找了半天了，还是没找到，这可怎么办啊？"

我的心一下子跳到了嗓子眼儿，"直突突"地想往外蹿。那年我十九岁，第一次听到生命惨烈的音符，手里握着电话被惊吓住了，大脑一片空白。

忘了过了多久，妈又打来电话，我望着来电显示，心生恐惧，不敢接听。一旁的舍友见我有异样，把电话拿了过去，妈激动地说："找到了，找到了，在水库边找到的，静怡跳河了，被路过的人救下来了，真是万幸啊！"爸在电话那头叹了口气："这孩子，怎么这么想不开呢？"

我还是没说话，只是呆坐在那里愣神。

回想起来，我和静怡并不算熟悉。

我念高中那年，静怡一家搬到我家隔壁，两家做起了邻居。她比我小三岁，第一次见她时，是妈让我去给他们家送饺子。我端着热气腾腾的饺子走到了门口，只看见院子正中间站着一个小丫头，穿着蓝白相间的初中校服，仰着脑袋，手叉着腰，正一脸不屑地听她妈妈的数落。她扎着一个短短的朝天辫，小辫子不长，仔细看，里面还有几条整整齐齐的小细辫，染成了红色、蓝色、绿色，像极了小时候步行街边摆地摊的老板们倒卖的香港电影海报里的都市女郎。

“你看看她，你看看她，打扮得不三不四的，像什么样子。”王姨见了我，火气更大了，声音陡然又抬高了八度，把我都吓了一跳，“你得多教教你妹妹啊，我也不求她像你一样回回都考第一，她能不给我惹事我这辈子就满足了啊！”

静怡斜吊着眼睛扫了我一眼，“嘁”了一声，扭头便进了里屋。

王姨站在院子里，两只手叉着腰，又是咒骂，又是唉声叹气，又让我别跟她女儿一般见识。我心里嘀咕：“这母女俩，也挺像的。”

放下饺子，拿着盘子回了家，我跟妈说：“隔壁新来的这家人好像有些不正常。”妈马上板起了脸，教育我：“别瞎说，少议论别人是非。她们娘儿俩不容易。”至于具体是怎样不容易，我也没兴趣去了解。但妈和王姨相处得很好，我和静怡偶尔会在平日里两家人的聚餐中遇到，不过也都是闲聊一些各自学校里的琐事，并没有太深入的交流。

再一次认真地接触，已经是五年后静怡的自杀事件了。

被抢救回来后，静怡有很长一段时间都不怎么和人说话。“她怎么像哑巴了一样。”王姨干着急，却也没有办法。不多久五一假期，我回了家，妈说：“你能不能去和静怡聊聊，看看孩子心里到底在想什么，你念书多，也许能安慰安慰她。”

我买了一些水果，还有一束鲜花，去静怡家里看她。院子里安静极了，印象中向来泼辣干练的王姨此刻仿若入了秋的蝉，一个人孤零零地坐在院子里的板凳上，低垂着脑袋，没了往日的生气。见了我，她只是红着眼圈，抬了抬下巴，示意我静怡在里屋。我敲门进去，静怡正戴着耳机躺在床上。

“我给你买了花，你看，是盛放的洋桔梗。”我润了润嗓子，笑着说。

“你怎么知道我喜欢洋桔梗？”静怡见了花，摘下耳机，起身问我。

“你起来收拾收拾，打扮一下，我带你出去溜达溜达，告诉你这个秘密。”我冲她扮了个鬼脸。

她又斜了我一眼，转身准备躺下。

“哎呀，快起来吧，大姑娘了，天天赖床像什么。”我上前拎起她的一只胳膊就往外拽。

“你干什么啊！”静怡嚷嚷着，“你让我换身衣服。”

家里一刹那满屋春意，王姨有些惊讶，转瞬脸上便堆满了笑，我小声和王姨说："咱们都热闹一点，静怡也就不会陷在情绪里了。事情都过去了，都正常点，别老拿她当病人看。"

王姨一个劲儿地点头，眼眶却又泛了红，她抬起手抹着眼睛说："对对对，你们说说话，说话就能热闹一些。"

我们一路溜达，走到了离家不远处的一座小山包。

正是五月初，山包上的一些花在渐次盛开。在我的家乡，淡紫色的野萝卜花漫山遍野，随处一坐，它们便簇拥在你身旁向你摇晃着脑袋眨着眼睛，讲述春天最后的柔情；一些晚放的野草莓羞羞地藏在其中，露出嫩白娇弱的花瓣，欲说还休；倒是那几棵野槐树笑得肆意，一棵压着一棵，一树坠着一树，浓浓的满树花香扑鼻而来，我跳起来摘了两串，我一串，静怡一串，那初生的槐树花蕊，直接放进嘴里，便被蜜润了味蕾。

"你看，生活还是美好的。"口尝花香，眼收绿意，我们沉默了一小会儿，我开口说。

静怡没说话，过了一小会儿，她扭过头来问我："乐乐哥，你还没和我说，你是怎么知道我喜欢洋桔梗的。"

"有一年你去我们家吃饭，书包落我家里了。我妈看有些脏了，想顺手帮你洗洗，我帮你把里面的书拿出来的时候，掉出来一张照片，你抱着一捧洋桔梗，笑得像太阳。"

静怡低着头，手指轻轻抚摸着一朵如同她的脸庞一样青涩而美丽的野草莓花苞。“那是我初一那年，语文考了全班第一，爸爸送给我的礼物。”

我第一次听静怡提起她的爸爸。

静怡八岁时，王姨因为家里实在太贫困，选择了去国外打工。因为毗邻日本、韩国，二十世纪初，故乡许多没有更好出路的人都把去日韩务工当成一条不错的谋生路。静怡妈妈先是去了韩国，一去就是三年，回国待了一年多后，又一次去了日本，一别又三年。

静怡说：“上小学，上初中，我的青春期，我妈妈都不在，是我和爸爸两个人相依为命。”

“你和爸爸一定感情很深。”

“那又怎么样呢？他最后不也抛弃了我。”静怡仰起头，眼神空洞地望着天空，“你说，他为什么要抛弃我呢？他们为什么都要抛弃我呢？”

我的心被揪得生疼，却也只能轻轻拍着她的背。我不知道该如何回答她，甚至都不知道该怎样去安慰。

问题终需面对。我问静怡：“你能和我说说，你为什么会想到自杀吗？”

“我害怕。”静怡两手抱着弯曲的腿，“我那天和同学打架了。他说我是没爹没娘养的，我当时不知道怎么了，抢到了他们手里的一把小刀，就想一刀子捅死他。我有点控制不住我自己，但好在我最后还是控制住了。”

我安静地看着静怡，这个看似柔弱的小姑娘。

“我不想成为坏人，乐乐哥哥，我害怕。”静怡把目光又转向地面，“我一直都觉得活着很痛苦，一点意思也没有。我也不是一次两次想死了。”

“你和妈妈聊过吗？”

“没有。我妈那个人，根本没法儿聊。”静怡抹了把脸，“其实我知道，我妈也不容易，她不是不爱我。我们家太穷了，她嫌我爸窝囊，没本事，她要靠自己赚钱养家。但她情商太低了，脾气又坏，她根本不懂得如何去爱别人。我爸也是生生被她气走的。”

“那你以后还会想不开吗？”我忐忑地问这个问题，忍不住担心。

“不会了乐乐哥，你放心吧。你也可以告诉我妈，让她放心。”静怡的脸上终于露出了微微的笑意，“我出事后的这些天，我妈就跟变了个人一样，走路说话都小心翼翼的，感觉她整个人一下子都老了。我也想了好多，虽然有些事还是没想明白，但我也不想让我妈这样活着。我初中的时候成绩还可以，明年高三了，我会尽力的，争取能考上大学吧。”

我拍了拍她的肩膀，时间在静默里悄悄地走。

漫山花香里，我们遥望远山。

与静怡再次见面，已是数年之后。

静怡考上了西安的一所大学，隔年春天，王姨又去了日本打工。静怡毕业后留在了西安工作，王姨回国后也去了西安，和静怡一起生活。

我出差路过西安，静怡发来信息："乐乐哥，晚上我请你吃饭，西安可多美食了。"

"就去家里吃吧，我也想去看望一下王姨。"我回复信息。

"那咱俩先约一个地方，我要告诉你一个秘密。"随后，静怡又附加了一个惊叹的表情。

远远地，我就认出了静怡。

她穿一件湖蓝色的连衣裙，五颜六色的朝天辫已长成了披肩的长发，她见我向她挥手，一路小跑着过来，长发与裙摆在微风中飞扬。

"出落成大姑娘了。"我见她，既开心，又藏着些许欣慰。

"哪儿有啊，这里的东西老好吃了，吃得我现在都成微胖界的人了。"她笑得灿烂。

"说吧，有什么大秘密要告诉我，搞得这么神秘。"

"找个安静的地方我讲给你听。"她挽着我的胳膊，大步地往前走，无比亲密。

时间真是世间最有趣的东西。我们曾家门相望，却并不熟悉。但因在心底刻下过最深刻的往事，多年不见，再见只是如假期归来的同学，分别数日的朋友，冬去又回的春天，并无半点疏离，只添了岁月的深沉。

在公园的一座八角凉亭，我们坐了下来。

“你知道吗，乐乐哥，原来我有两个爸爸。”静怡神情严肃。

我一头雾水。“什么意思？两个爸爸？”

“嗯。我刚毕业时谈了一个男朋友，怎么说呢，也是自己年轻不懂事，没多久我就发现他劈腿，我们就分手了。”静怡朝我吐了吐舌头，“但后来我发现我怀孕了，想去做人流，又害怕，又不舍得。没办法，我就和我妈说了。我妈听了后，电话里什么也没说，没几天，她便从日本回来了，陪我去了医院。”

我有些心疼地看着她，心疼她小小年纪经历了多少生活的酸痛。

“从医院回家的那天晚上，我躺在床上一直哭，不知道是为了自己，还是为了那个都没有来到这个世界上的生命。我妈抱着我，我们娘儿俩抱头痛哭，哭着哭着，我不知道什么时候睡着了，醒来时一睁开眼，就看到了妈妈的眼睛，她一整宿都没睡，就这么看着我。你知道吗？那是我上学以后，第一次和妈妈抱着睡觉。”

“王姨是爱你的。”

“我知道，那天她就这么抱着我，我们说了很多很多话。我也才第一次知道，原来我不是我爸亲生的。我亲爸和我妈结婚后不久便在一场车祸中去世了，我妈那时候已经怀我五个多月了。她一个人把我生了下来，我爷爷奶奶走得早，姥爷姥姥也不肯带我，我妈一个人一边在菜市场卖鱼，一边把我带在身边照看。她性子倔，从来没和我说过自己的一丁点委屈。那次我怀孕，她吓得赶紧从日本回来了，她说她这辈子遭的罪，不能在我身上重演。”

王姨一家搬到我家隔壁时，我每天只看到她们母女，从未见过静怡爸爸。妈说，王姨离婚了，静怡爸爸去了别的城市。没想到，看起来大大咧咧的王姨，背后有这么错落沉浮的人生故事。

“那你后来的爸爸呢？”

“我妈在菜市场的时候，我爸也在那里卖海鲜。他觉得我们母女可怜，就特别照顾我妈。每天一大早，他都先去帮我妈进货，再收拾自己的摊位。时间久了，我妈也很感动，最重要的是她觉得我爸对我也很好，她不想让我在单亲的家庭环境中成长。他们结了婚，所以我姓刘，就是跟着他姓。”

“他对你好吗？”

“我爸对我特别好。要不他们离婚的时候，我也不会那么痛苦了。我妈从日本回来，我爸说以后我妈会照顾我，我哭着大喊让我妈滚回日本，我那个时候觉得是她对不起爸爸。”静怡苦笑着摇了摇头，“后来我也慢慢知道了一些事，一开始我妈对他就没有太深的感情，最重要的是，我爸确实有些懒散，又爱打牌，经常输钱。我妈因为这个总和他吵，家里实在没钱了，有老乡找妈去国外打工，妈一直等我上了小学，才出国打工。后来可能他们再也过不下去了，我也大了，他们就离婚了，我爸就回了淄博。”

“你现在怎么看这件事？”

“一开始有些接受不了，用了好久才慢慢消化了。我质问我妈为什么不早点告诉我真相，她说觉得我和我爸父女之间感情很好，想等我以后成家了再和我说。如果不是我意外怀孕，可能我到今天都被蒙在鼓里。现在，怎么说呢，千言万语，就是感慨命运捉弄人吧，觉得我妈真挺不容易的，为我做了那么多。虽然她脾气倔，性子急，说话又刻薄，但这些我曾最厌烦她的，如今都能理解了。我们母女算是彻底和解了。”

“那，你和你爸呢？”

“哈哈哈，你说的哪一个爸爸？”静怡笑了起来，“生我的爸爸我没有机会了解，但很感谢他。养我的爸爸，之前我曾恨他抛弃了我，知道我不是他亲生的以后，常常回忆起点点滴滴他对我的好，我更是感谢。我也尊重他们离婚的选择，我有一次去淄博找他了，告诉他我妈把一切都告诉了我，他就一直搂着我，说他对不起我。其实他们都没有对不起我，我就是觉得，我的童年是不幸的，但也是幸运的。我的爸妈都是需要并值得被我同情、理解和尊重的，命运面前，他们都尽力了吧。”

是啊，命运无情，生活艰辛，人性残缺，我们都无法掌握，也很难改变。但两代人之间，彼此的同情、理解与尊重，终能抵挡这人世的风风雨雨。

我认真地看着静怡，又像小时候那样摸了摸她的头。“真好。你真的长大了。”

她“哈哈”地笑，说：“走，回家，我妈知道你来，包了饺子。”

敲门声刚响，就听到王姨扯着嗓门大喊：“哎呀，哎呀，乐乐来了呀！”

一打开门，便见正对着大门的茶几上，一大束盛放的洋桔梗插在宝石蓝的花瓶里，灼灼其华，熠熠生辉。

接纳生命的残缺

“谢谢你们理解我。”

火车即将进站，阿武匆匆忙忙过了安检，却又突然转过身，郑重地弯下腰，向我们一行为他送别的朋友鞠了一躬，缓缓说出这句话。

熙熙攘攘的人群朝他投来片刻惊疑的目光，瞬间又四下奔流散去了。

阿武祖籍新疆，在宁夏出生，他长得高大，鼻梁挺拔，眼窝深陷，相貌带着些异域风情。同事们开玩笑说，阿武长得帅气，许多女顾客总是特别指定阿武服务。

但自己究竟长什么样子，阿武其实也很模糊。记忆里，儿时的轮廓早已如纸画浸水，变得模糊了。长大以后的样貌，他也只能从旁人的形容里暗自揣摩，也许，大概，自己是这样或那样的模样。

那是个盛夏晚晴天，如往常一般，十二岁的小阿武和姐姐一起放学回家。天气实在炎热难耐，路上他便想着偷偷拐个弯，去村头的小卖部买根冰棍消暑解渴。骗过姐姐后一溜烟儿地跑，只见不远处，小卖部门前那棵大榆树正伸展着它的枝叶，郁郁葱葱，笼着整片阴凉，看得阿武满目清爽。

冰棍刚咬了一口，阿武只记得当时天崩地裂的轰鸣巨响，眼前便陷入了一片黑暗。等他再醒来时，却什么也看不见了。

妈妈见阿武醒了，先是喜极而泣，转瞬又扑在他身上声嘶力竭："我可怜的儿啊，这可怎么办啊，你要是瞎了我也不活了啊……"

那年夏天，那个小卖部前，那场车祸，使十二岁的阿武从此成了一位盲人。

残酷的命运不曾有半点怜悯。

十二岁，年少风光，意气风发，本应是人一生中最好的一段年华。阿武却在这一年多了一个新的身份——瞎子。

"小瞎子，小瞎子。"也不记得从什么时候开始，阿武走在村子里、学校里、集市里，总是有认识或不认识的人在他身后这样叫住他。阿武说，有时候一个人在路上走着走着，便会有人故意过来绊他一脚，有人向他扔石子，有人跟在背后一路吹口哨，但他告诫自己要坚强，不要被人看不起。只有一次，妈妈让他去村头那棵大榆树下的小卖部买瓶酱油，一个以前一起玩过的小伙伴笑着跟阿武说："我带你去吧。"阿武心头一暖，安静地跟在小伙伴的脚步后，一幕幕回忆着他们曾一起在学校操场嬉戏奔跑的样子。就这样走着走着，只听“扑通”一声，阿武一脚踩进了粪池子里，粪水四溅在他的身上、脸上、心里。

耳边，几个顽劣少年哄然大笑。

阿武咬着嘴巴，他迟疑了片刻，脱了鞋，脱了衣服，穿着沾满粪水的裤子回了家。他依然沉默，一句话也没有说，妈妈看着他，也一句话都没有问。在院子里冲完澡，阿武钻进被窝里，用被子捂着脑袋。妈妈坐在炕头边，一只手隔着被子轻轻地拍着阿武的头，一只手捂着自己的嘴，掩藏着泪水。被子里，阿武放声大哭。

阿武说，他哭，不是因为掉进了粪坑感到屈辱，而是他相信的人，相信的善良，相信的那一抹黑暗里的光，在那一刻支离破碎。

暴风雨猛烈无情。但彻底击垮阿武的，却是他的爸爸。

阿武很少见到爸爸，每年只有临近春节时，爸爸才会从外地赶回来。阿武记忆里的爸爸，总是板着一张脸，似乎永远也猜不到他在想什么，只有偶尔高兴的时候，他才会蹲下身子，摸着小阿武的脑袋说：“爸爸在很远很远的地方打工赚钱，你在家要听妈妈和姐姐的话。”虽然对这个男人感到陌生，但阿武却藏不住对他的喜欢。每年，阿武最期待的日子便是过年，他一见到爸爸，便会远远地跑过去认真地说："爸爸，我今年特别听妈妈和姐姐的话。"

一九九一年那年除夕，已经过了夜里十二点，村里轰隆了一整晚的鞭炮声渐渐消失，阿武却仍然站在村头不肯走。那一年过年，阿武爸爸没有回来。村里老人瞧见了，叹着气对他说："回去吧。你爸爸在外面有了别的女人，不要你们娘儿仨了。"阿武不信，跑回家问妈妈，妈妈却什么也没说，只是将阿武和姐姐默默地搂在怀里，拍了拍他们瘦小的背，便起身继续去收拾碗筷了，似乎刚刚的一切并没有发生过。

阿武车祸后，爸爸从外地赶了回来，但他并没有得到渴望已久的父爱。每天，他都能听到这个男人和母亲站在院子里大声地争吵谩骂。眼睛看不见了，耳朵却听得分外清楚，他时常能听到这个男人半夜里来到他的床前，重重地叹息。直到有一晚，爸爸又来到了他床前，阿武并没有睡着，他在心里跟着划火柴的声音默默地数爸爸抽了多少根烟。在第六根烟抽完后，他感受到爸爸那只粗糙的手又摸了摸他的额头，往他枕头下面塞了厚厚的一沓东西。第二天醒来，阿武便再也没有见到过他的父亲。

从那天起，阿武在心里郑重地告诉自己，这个男人这辈子和他再没有任何关系了。

认识阿武，是因几年前的一次节目录制。当时我主持了一档名为《女性领袖人物》的访谈节目，其中一位嘉宾是《没眼人》

的作者亚妮。《没眼人》记录的是亚妮在太行山里十三年如一日，坚持为一群流浪卖唱的盲人拍摄电影的传奇故事。这些民间艺人在二战期间曾是一支为中国抗日战争服务的特殊情报部队，所有的成员都是盲人。但当地人不叫他们瞎子，而是有一个特殊的称谓——“没眼人”。为了更好地准备访谈内容，真实地理解和体验盲人的基本状态，我通过朋友认识了几位愿意分享真实心理的盲人朋友，阿武便是其中一位。

节目之后，我与阿武慢慢成为朋友。他跟我分享了他成为盲人的经历，他的成长，他的妈妈、姐姐、女友，还有那位他不愿意称其为“爸爸”的男人。

阿武说，他能走到今天，要感谢这些人：他的妈妈、他的顾客，还有他的爱人。

阿武的妈妈是一名小学老师，阿武看不见以后，她依然坚持带阿武继续上学。那个时候的农村学校对盲人学童没有任何的教育意识与经验，校长很为难，希望阿武能主动退学。向来体面刚硬的母亲不知什么时候学会了一哭二闹三上吊的本事，天天在学校闹。校长被迫同意让阿武坐在教室里，跟着同学们一起听课。

一开始，母亲时时把阿武带在身边。日子缓慢，再后来，阿武也渐渐学会适应这种黑暗里的日子，也能一个人蹒跚摸索着走完那条从家里到学校的长长山路。

只要有希望，痛苦便总能承受，也终会过去。

阿武的母亲如同一艘坚固的大船。生活的风浪再大，只要母亲在，阿武的心就总是安宁的。姐姐后来外出打工，每个月都会给阿武寄回来大城市里最流行的收音机、磁带、盲人可以听的书，以及许许多多风姿摇曳的故事。阿武听得认真，慢慢成了村子里最有见识的人；一起长大的发小，学校里对他好的老师，这些人，都给了阿武温暖的关爱和支持，陪着他度过了那段饱受痛苦、歧视、煎熬、无望的日子。

人总得给自己谋一个出路。

打听了很多盲人朋友的选择，为谋生存，十六岁的阿武去了一所盲人学校学习按摩技术。毕业后在老家辗转了几个地方后，阿武来到了北京，成了一名职业按摩师。

在年终总结会上，入职第一年的阿武被评为年度最佳员工，发表感言时，阿武说："如果说妈妈以身作则，给予了我绝不向命运低头的人生底色，我的顾客们，便是在这底色之上告诉了我人生真实的模样，并教会了我如何去接纳自己，接纳残缺，与自己和解。"

我曾随阿武一起去他工作的地方，阿武的老板告诉我，起初以为是阿武长相帅气，很多顾客都成了阿武的回头客，指名只等阿武的时间。后来他慢慢发现，其他顾客在按摩时一般都是在休息或睡觉，只有阿武那间屋子里，顾客们总是有说不完的话，时常传来铃铛般的笑声，或是隐约的哭泣。

阿武挠了挠头，有些不好意思。“一开始只是自己太寂寞了，遇到性格开朗喜欢说话的顾客便想着能和他们多聊聊天。后来我却渐渐意识到，也许更需要倾诉寂寞与辛苦的不仅仅是自己。这偌大的城市里，有着数不尽的衣着光鲜匆匆行路，却也同样活得孤独与艰难的人。”

“我听过一个女孩儿因为太胖了，到了三十多岁仍然没有谈过恋爱的深深的自卑；听过已经来北京打拼了十年却还是没有能力支付婚房首付而被女朋友劈腿的快递小哥的痛哭；听过三次创业失败的中年男子心灰意冷的落寞；听过儿时被继父性侵的女人一生对家庭的阴影和恐惧……

“所以你看，人间有太多的愁、太多的苦、太多的怨了。世相千万，每个人心里都深埋着不被他人理解的残缺与痛苦。所以其实我并没有什么特殊的，以前总觉得自己不一样，命运对自己特别不公平，心里多少是有恨和怨的，现在反而越来越释然了。人啊，得学会接纳自己，残缺就是残缺，改变不了的，就接受，与自己和解。人这一辈子，没什么是过不去的。”

更幸运的是，三十三岁那年，阿武遇到了他生命中的白月光。

阿莲，也是一位按摩技师。和阿武不同，阿莲生下来的时候就看不见这个世界，也许正因如此，阿莲并没有阿武对光明的那份巨大的落差与失望、遗憾与向往。父母把阿莲当掌上明珠，如平常人一般培养、疼爱，从无半点抱怨。单纯、热烈、善良的阿莲，总是对生活充满了美好的期待和想象，如瓢泼的阳光、奔腾的云朵，带给了阿武从未有过的轻松、快乐与满足。

两个人相拥着坐在漪漪河畔，青青草地，白天阿武向阿莲描述天是怎样蔚蓝，水是如何清澈，彩虹到底是怎样的颜色，夜里阿莲缠着阿武给他讲星星是否真的会眨眼，月亮里到底有没有一只小白兔，萤火虫的光是否一闪一闪亮晶晶。

那些曾经逝去的一切，在阿武的心中又都重新活了起来，黑暗的世界再一次布满了色彩，熠熠生辉。

“她是老天爷派来拯救我的，填补了我生命的残缺。”阿武说话的时候，一直用他的一双大手把阿莲小小的手握在掌心，笑意暖暖地望着阿莲。尽管，他看不到她的容貌。

其实，阿莲个子小小，相貌平平，并非世俗眼光中美丽的相貌。但那又怎样呢？也许看不见容貌的相爱，反而真的是因灵魂而相遇，抵达了爱情的真谛吧。

这几年，源于愈发强烈的冲动和兴趣，阿武自学起了心理学，并在假日空闲时参加了针对盲人青少年心理辅导的专业公益机构做志愿者。阿武说，今年年底，他就打算辞职回阿莲的老家了，一方面准备和阿莲开一家属于自己的按摩店，另一方面也想在那边成立一个类似的公益小组。

“在北上广深这样的大城市，有各种各样的组织和人在做着有大爱的事。但我们那里那些活在社会最底层的人，那些像我一样在黑暗里苦苦挣扎的盲人孩子，更需要这份关爱和帮助。”阿武握紧了阿莲的手，阿莲冲他傻傻地笑。

我偶尔跟阿武一起去参加他的公益活动，也认识了他身边的一些朋友。阿武的朋友跟我说，阿武现在什么都好，唯一的心结就是他不肯相认的爸爸。

回阿莲的家乡后，两人就要办婚礼了。阿武爸爸通过姐姐传来消息，希望能参加阿武的婚礼。大家都劝他："已经过了这么多年，你也成熟了，你爸年纪也大了，你们父子该和解了。"

前几年，阿武妈妈因病离世，病榻前，妈妈抓着阿武的手，让他原谅爸爸。阿武想起，他来北京打工的前一晚，妈妈从衣柜里拿出一个存折，跟他说："这是你爸走的那晚塞在你枕头下面的三万块钱。我一直帮你存着。"又说："当年三万块钱不是小数目，你爸心里还是有你的。我和他感情不好是我们之间的事，但你们毕竟是父子，你不要记恨他。"

"可父亲对我来说到底是什么呢？"阿武望着我，语气平静地问，"三十多年来，我只记得他那张模糊的、板着的脸，就像一张满是尘土的白纸一样，连片刻的画面都没有给我留下过。他到底是怎样一个人？他为什么和妈妈感情不和？又为什么抛弃我？是因为自私还是懦弱？我通通不知道。大家如今都希望我理解他，他现在老了我要孝顺他，我结婚了要请他上座给他磕头，可是为什么呢？就因为他生了我，并在我瞎了以后留下了三万块钱吗？"

他语气渐渐激动，又低下头，深深地呼了一口气。"我不是怪他，更谈不上恨。他老了，我肯定会和我姐一起赡养他，该出钱出钱，该出力出力，只是我不可能去爱他。我妈临走时曾说，他心里是有我这个儿子的，但你知道吗？爱是最骗不了人的，感受得到就是感受到了，感受不到讲千万种道理绑架我也只会让我更痛苦。不是我放不下，而是我对他真的没有任何感情。放下，是我接纳了我生命里与父爱没有缘分这个事实，而不是一定要强迫我与他晚年大团圆。保持彼此间最合适的距离与分寸，难道就不是与自己的和解吗？”

我转头问安静地依偎在他身边的女孩儿：“大家都劝他，你会劝他吗？”

“我想所有的爱都是相互的。一定是我爱他几分，他爱我几分。”阿莲又仰起头，嘴角弯起月牙般的笑，仿佛他们彼此看得见。

礼 物

04

她对生命的爱与善意，对陌生人的悲悯与同情，对普通人的理解与尊重，都已如同血液一般流淌在我的身体里。

童年的野蝴蝶

不是所有人都有机会能亲口与母亲说一声再见。

比如，我的妈妈。

妈九岁的时候，她就没了妈妈。

每想到这儿，我的心就好像被针扎了一下，刺痛。

我妈，在我心中仿佛永远都是那个可怜的小女孩儿，那个九岁便没了妈妈，跟着哥哥姐姐们讨生活的小女孩儿。

我很少和妈发脾气，有时生活中难免也会有些磕磕碰碰，但一想到她从小连母爱都未曾拥有过，自责便会瞬间袭来。

带爸妈在藏东大森林里旅行，郁郁葱葱的树木之间雾霭迷离，万缕金光倾泻而下，我们像是隐匿在童话王国里的精灵。

我在林间漫步，妈弯下身子，捡起了一个硕大的松塔，感叹着说："你看这松果多大，现在日子好了，没人需要了。我小的时候，总是跟在你小舅屁股后面捡这种松果，这是家里烧火最好的引子。每天我们都要走很久，才能捡到一小袋。”

带他们去东北雪地里玩耍，无边无际的白泛着银光，如天上的星星洒了一地。

坐在雪橇上，妈说：“我和你爸那会儿特别馋肉，攒啊攒啊，攒了好久终于舍得割了三块钱的肉，我坐在你爸自行车后座上，兴高采烈地回了家，却发现肉掉在路上了，我一边哭一边回去找，也是这么厚的大雪，怎么也找不着了。”

不知父母这代人是否大多是如此，日子虽然好了，但过往的遗憾却总是在这样不经意的日常里反复闪现，儿女们面对美好的生活烂漫驰骋，他们却不时地感叹往昔。

毕竟，最好的青春年华一去不复返，生命的回忆里多是贫瘠和辛酸。

我想象妈说的那个画面，那个几岁的小女孩儿，歪歪扭扭地走着路，捡不到松果，也会哭吧；那个坐在自行车后座的女人，馋一块肉却被自己弄丢了，哭的也不仅仅是那块肉，而是艰难又无助的日子吧。

我时常想，为什么我的脑海里总是情不自禁地把妈妈想象得那样柔弱可怜呢？她明明活得那么乐观、豁达、知足。

可能，是因为妈妈为我付出了她的一生吧，她的青春、她的隐忍、她的美丽、她的追求，乃至她的一切。

母亲，只有母亲，她在命运里燃烧，从不曾顾虑自己，只为爱你。

将心比心，我也不愿意看到她的一丝委屈。

虽然没有机会见过姥姥，但我想她一定是最温柔宽厚的人。

看她的七个儿女就知道了，每一个都那么善良豁达，正直坚强。妈妈也是幸运的，七个兄弟姊妹，她排老幺，哥哥姐姐们拉扯她长大，也是尽心尽力。

日子清贫，但爱是浓郁的，也多少弥补了些母爱的缺失吧。

姥爷是位老派知识分子，熟读四书五经，后因生活所迫弃文从商，一生历经沉浮荣辱、大风大浪，依然心胸开阔，学问通达，处世超然。八十多岁时，能一个人出去游历江海，身体硬朗康健。逢年过节，他在家中挥毫泼墨写春联写祝语，十里八乡的乡亲都会来讨一份老寿星的祝福。九十五岁那年，姥爷摔了一跤，住院七天后安然离世，一生直到永别，都没给儿女添半点负担。

这些珍贵的品质和人生态度，也都在潜移默化之中影响着妈妈，她是一样的人。

“不过，我这个小女儿呀，不爱读书，这点不像我。”姥爷总是跟我打趣。

我从小在姥爷身边受教育，识字从繁体字开始，启蒙书是《中庸》和《红楼梦》，初中开始习作绝句和律诗，到现在这点传统文化的底子，都是少年时期打下的。后来读书，反而越来越功利化和工具化了，念至此，愈发惭愧。

那些春日，他坐在一张老式的竹藤椅上读《孟子》。我依偎在姥爷的腿边，写着歪歪扭扭的字练习作绝句、律诗。

鹅黄色的野蝴蝶绕着旧纸张翩翩起舞，闪烁着我整个童年。

一个男人的命运往往掌握在母亲手中。

我一直半开玩笑半认真地称妈妈是精神贵族，若不是命运跌跌撞撞，或许她会是个巾帼英雄。我想，这应该也是受姥爷的影响。

相比早期家里物质生活的贫乏，爸爸无意识的自由式教育，妈对我的培养却是用心良苦。她对人生的追求并未因贫穷而志短，因简陋而苍白，在那些黑暗的夜里，她的心如皓月当空，不落窠臼，照耀着我的一生。

我的记忆力似乎很差，中学以前的事几乎都是一团模糊。但童年时的那几个画面，却一直深深镌刻在我心里。

那个初春，午后的阳光在风中起舞。

我坐在妈妈的自行车后座上抱着她的腰，她吃力地蹬着脚踏板爬着山坡，一边“嘿哟嘿哟”地吆喝着给自己鼓劲儿，一边回头冲我灿烂地笑。我至今仍能清晰地记得那张笑脸，扑闪的眼，弯弯的眉，滚烫的汗珠滴在她的印花裙上。她抹去汗水，穿梭在这座丘陵小城的街道小巷中大声叫卖着："卫生纸喽，卖卫生纸喽。"

到了傍晚，落日喝醉了酒，一头掉进了乡间小路旁的河塘里，余晖一层层洒开，晚风徐来，路边白的、黄的小雏菊们也微醺酣畅。我的妈妈呀，一天的辛劳化为甜甜的歌，眼睛里是藏不住的闪亮光芒。日子艰涩，却是她最好的年华，最自由的意志，最恣意的青春。

二十世纪九十年代初，文登塑料厂国企改制，爸妈都从厂子里出来谋生活，妈妈随着朋友一起骑着自行车在城里卖卫生纸。我每天坐在后座上跟着她念："桃花开花，柳树发芽，春天来啦！""云朵会哭，太阳会笑，生活真美好！"

辛苦而平凡的日子里，她一边努力赚钱贴补家用，一边带着我用咿咿呀呀的话语描绘世界，描绘自然，描绘这座小城的角角落落。这些，成了我日后从事语言工作的启蒙，也是我与这个世界相处的底色。

八岁那年，我有了第一辆属于自己的仿真玩具车，小半人高，天天开着它在街坊邻居门前转悠。

那年除夕的下午，一群灾民流浪到我的家乡。听邻居奶奶讲，是河南发了大水，洪水冲毁了百姓们的故土，他们流离失所，沿路乞讨，投奔远亲，寻找新的家园。我清晰又模糊地记得他们有十几人，有四五个和我差不多大的孩子。妈说，你回家拿些饼干来分给小朋友们。我看着其中一个小女孩儿扑闪着一双大眼睛，便“嗖”地跑回家，玩具车里装着，胳膊里夹着，带了十几筒青岛钙奶饼干出来。几位围观的乡亲窃窃私语，一位大婶笑我：“可不得了，这孩子太傻了。”

我似乎犯了什么错误，怯怯地看了看妈，她什么也没说，把饼干分了。分给那个小女孩儿的时候，我看她也是怯怯的，看了看她妈妈，那位阿姨，一边流眼泪，一边一直鞠躬表达感谢，她说着方言，我们并没有听懂，妈妈只是冲她摆手，说都是当母亲的，不必谢。

晚上爸回家，我才知道，那十几筒青岛钙奶饼干，是妈回娘家准备的年货。那个年代，女儿回娘家，一家四筒饼干加一篮子鸡蛋，就是全部年礼。

爸有些发愁过年该怎么办。妈说：“没办法，孩子都拿出来了。如果让他这么小就认为善良不是真心实意的，他将来也不会有什么大出息。”

这句话，我铭记一生。

诸如此类，不胜枚举。

妈每周一带我到附近的小学看升国旗，说要有朴素的爱国心；后来自己开了理发店，生活贫困的老人她从来不要钱；遇到路上乞讨的，也多少总要给一些，我说其实很多都是骗子，她说万一遇到真困难的呢。

“吃亏是福”“人要知足常乐”“人间太短，美好太少，值得我们贪恋”“要做一个善良踏实的人”“多读书总没错的”“绝不能违反法律”“多少钱是多呀，开心平安就好”“人生就活个年轻，喜欢什么就尽力去做”“有能力的时候还是要多回报社会和国家”……

这些她天天挂在嘴边的话，我有时反感，有时觉得啰唆，但回头看看，却几乎构成了我的所有。

人性摆在爱之前。

如果说，父亲童年的伤痛和沉浮的人生使他对我的爱无意识间带有某种人性的复杂，那母亲对我的爱则是全然无私的。童年时，她给予了我完整的爱与安全感；成人后，她又及时合理地退出了我的生活。她总是把生活的血泪变成大笑一场，让苦涩的日子淌出蜜般的香甜。她形塑我的人格，引导我的命运，她给我力量，并给我自由，她始终关心的只是我健不健康，快不快乐。她是我此生最好的朋友，她是我最伟大的母亲。

上学和工作后，许多同龄人说，羡慕我运气好，每到关键时刻总有贵人相助。我想，还是要深深感谢我的父母，这些好运气，都是他们赠予我的福报。尤其是妈妈的教育，她从不唠叨烦闷，也不严厉苛责，只是自然而然地做，以身作则，像日光那般无私，似月光那般深情。

妈说，她一生最满意两件事，一是尽了儿女之孝，为姥爷养老送终；二是尽了父母之责，把我栽培成人。

而她最大的遗憾，就是这辈子没能和我奶奶处好关系。

这是她的心头伤。

生活是千千结。一头解开了，另一头却纠缠得更紧。

爸和奶奶终归是母子，血浓于水；妈与奶奶，则是两个女人对立的一生。

小时候，爸妈和爷爷奶奶是住在一起的，家里条件差，爷爷又瘫痪在床，妈妈一嫁过来，便开始和爸爸一起偿还债务。

两个性格迥异的女人，又都那么要强，在同一屋檐下，累积下点点滴滴的苦与怨，矛盾总是要爆发的。

我很少和妈谈奶奶的事，我总觉得，中国的婆媳矛盾就像流感一样，一季又一季地轮回，很少有人逃得掉，但咳嗽几声吃些药，很多事也没什么大不了，日子终归会过下去。

况且，我夹在其中，也是两边为难。与妈和奶奶的冲突，甚至爸对奶奶的埋怨不同，奶奶很疼我，这或许就是隔代亲吧。

等我长大了些，我也意识到奶奶性格中的一些凌厉，甚至是有些自私。可一想到她的人生坎坷，便又多少能理解体谅。一个女人，在那个年代，丈夫卧病在床，一个人抚养三个儿女，不自私些，怎么活下去呢？不野蛮些，怎样面对那个兵荒马乱的时代和丛林社会的欺侮呢？

妈是知书达理的人，也不是想不到这些。后来爸妈搬了家，见得也少了；再后来奶奶白了发，走路蹒跚，脑子也时常糊涂，妈自我宽慰，过去的，就别再计较了。

家里做任何好吃的，她都叮嘱爸早早地送过去，一日三餐不断；妈爱美，奶奶也是，一年春夏秋冬，妈总是变着法儿地给奶奶买各式各样的漂亮衣服，邻居们都夸奶奶有个好儿媳，奶奶也跟外人说，很知足。

一切似乎都在时间的沉默中变得很好。

前年春节，奶奶在我们家过年。往常，一般大年初三姑姑回娘家后，奶奶便会跟着姑姑去住一段时间。妈说，要不今年在咱家多住一段时间吧，我伺候她。

那段日子，妈每天过得肉眼可见地煎熬，尽管她已经在竭尽全力地掩饰。

我问她怎么了。她说没事，过年吃得太多，血糖又高了。

晚上，我陪奶奶睡。半夜醒来，竟看到奶奶一个人坐在床头落泪，月色从窗外柔柔地洒进来，她陷在自己小小的影子里。“年轻的时候，我婆婆就是这么对我的。我也不知道该怎么做一个好婆婆。”说着说着，她抽泣的声音更大了。我轻轻抱着她，说没事的，都过去了。

原来岁月并非无声，只不过很多伤痛都被深埋在心底，谁都不肯再轻易说出口罢了。

二〇一九年三月三日，深圳海洋公园，海豚在蔚蓝色的海水中自由地嬉戏。

爸去买吃的了，我和妈坐在一旁看着这些自在的小生灵烂漫起舞。我扭过头和妈说："如果实在是觉得太委屈，就别勉强了。我理解你。做人不要对自己那么苛责。"

我知道妈在想什么。她想尽全力忘掉过去奶奶对她的伤害；她怕别人说她不孝顺；她想自己从小没有妈妈，更想能给奶奶好好养老送终。

妈看着我，眼眶红透了，就是倔强着不掉眼泪。"我其实都明白，我也想尽力做好，但我就是做不到。"她用袖子捂着眼睛，一直在哽咽，"我刚生完你的那段时间，身子特别难受，特别想吃一碗饺子，你婆却责怪我怎么那么娇气，最后还是邻居老周阿姨半夜来给我送了一碗饺子，就为这碗饺子，我感激铭记她一辈子。我那时候多想有个妈妈能照顾照顾我啊。我跟你爷爷很亲，也许是我从小没有妈妈，我也不知道该怎么和婆婆相处……算了，不说了，不该和你说这些……"

说吧，畅快地都说出来吧。也许正是这数十年的隐忍，才让伤口更深。

我理解。作为母亲，她希望以身作则，给我树立一个为人子女的榜样；作为一个人，她希望能尽量做到道德良善，不被周围人所指摘；但作为一个儿媳，她却始终未能与奶奶实现真正意义上的心灵拥抱。

人生哪儿能事事完美，奶奶，是她命中注定的遗憾。

我找爸谈了谈。“奶奶的养老，需要我们爷儿俩扛起责任。妈做得已经足够好了。我们任何人，都没有权利要求她必须从心底放下这些伤疤，除非有一天，她自己接纳这一切。”

爸说，他明白。

如今，奶奶已经离开了，曾经的许多忧愁也随之烟消云散。偶尔，妈妈会突然在通电话时跟我提到奶奶，她说：“今天和你三姨一起去买衣服，路过以前经常给你奶奶买衣服的店面，心里突然空落落的，再也没有人需要我替她去操心这些事了……邻居家叔叔的爸爸又住院了，我和你爸去医院探望，全都是常年卧病的老人家，想想你奶奶，真的很感谢她。”

妈妈的味道

据说每一位妈妈都有一道自己的拿手菜，它色香味俱全，香气四溢，弥漫成我们回忆里童年的味道。但沿着倒流的时光细细嗅闻，我的记忆里却很难寻觅到妈妈的独家厨艺，用今天的话来说，她更像是一位黑暗料理大师，再普通的食材，在她手里都能做出“不一般”的口味。关于她的厨艺，我的家族里一直流传着一个让人捧腹大笑的传说。

妈妈结婚后，小舅来家里做客。小舅爱吃馒头，妈妈便精心准备，蒸了一锅圆圆胖胖的山东大馒头招待他。小舅满怀期待，一手撸起袖子，一手拿起馒头咬了一大口。妈妈也站在一旁，瞪着一双扑闪扑闪的大眼睛期待地问他：“味道如何？”小舅直点头：“挺好挺好。”两相言罢，小舅满腹而归。但此后十余年，虽然两家相隔不过几公里，小舅却再也没有留在我家吃过一顿饭。听说那年小舅回去偷偷和大舅说：“哎呀，小妹蒸的馒头，真的是太夸张了，差点没硌掉我的牙。又黑又硬，这要是打仗，可以直接当炮弹上战场呀！”大舅笑得肚子疼，叮嘱他不要跟别人说，但转瞬大舅妈、小舅妈和大姨、二姨、三姨、四姨一大家子就全都知道了。

上初中后，我时常在爸妈面前提起这件事。妈妈总是一脸愤恨地指责我：“你真是能胡说八道，埋汰起你妈来你最有本事。”爸爸就在一旁“嘿嘿”地傻笑。一开始我也并没有太在意妈妈的反应，觉得不过是个夸张的玩笑罢了。但慢慢地，我愈发意识到她的羞愤是真实的，她因自己辛辛苦苦地付出却被亲人们取笑而感到委屈。我又想到妈妈九岁时姥姥便去世了，这个女人，没有母亲的叮嘱和庇佑，只能靠自己一个人在岁月里慢慢摸索着如何做饭，如何生活，如何做一位好妻子、好母亲、好的人。一想到这些，我便再也不敢拿这些事开玩笑了。

生命给我们种下残缺的同时也给予了等价的馈赠。

妈妈不擅长做饭这件事是真实的，但她因此而有意无意间做出的一系列举动，却深刻地影响了我的一生，并成为我漫漫人生中最珍贵的礼物。

可能自我出生到四五岁时，是家里物质条件最匮乏的一段时期。巧妇难为无米之炊，要求妈妈端出一桌子可口的饭菜，且不说手艺，每日做饭的食材都是让她头疼的大问题。白菜、韭菜、土豆……自家菜园子里能种的蔬菜反反复复吃腻了，小小的我便开始哭闹，邻居阿姨说："孩子肚子里缺油水。"妈妈没办法，便每个周末都会带回来一小块热腾腾的猪肝，给我解馋，改善伙食。所以我很小的时候就有周末的概念，它不是上学的孩子们盼望的假期，不是工作的人们短暂的休憩，它对我而言，就是妈妈带回来的那块香喷喷、油亮亮的猪肝。

但我聪明的小脑袋很快就发现，我是有机会每天都能吃到美味可口的猪肝的。二十世纪九十年代初，我的家乡流行着一种走街串巷式的商业模式，卖西瓜的大叔开着面包车，卖卫生纸的阿姨骑着自行车，炸油条的一家人开着手扶子，收废旧物的，收女人头发的……总之，这些小商小贩就像电影里的游击队一样，穿梭在乡间的小路上吆喝叫嚷，男男女女听到这熟悉而热切的叫卖声，便会三三两两地说笑着赶过去，讨价还价一番，满载而归。这其中，便有一个浑厚的声音牢牢地吸引着我的耳朵："卖烧肉哈！卖烧肉哈！谁买烧肉哈，赶快点哈，新鲜的烧肉在村头这儿哈，赶快来买哈！"至今，我想起这伴着长长尾音的亲切乡音，嘴角都不自禁地微微上扬。我随即意识到，我心心念念的猪肝，可能就藏在卖烧肉的大叔那四四方方的铁皮箱子里。

生长在小地方的好处之一就是人们相互之间似乎都是认识的，即使不认识，只要提起你是哪个村的，曾经在哪个工厂工作过，共同认识谁谁谁，人们之间便会马上彼此熟悉和热络起来，仿佛多年不见的老友久别重逢，抑或失散经年的亲人再度相遇，大家一番唏嘘感慨，陌生人间的情谊滚烫炙热，温暖着整座小城。大家热热闹闹地寒暄一番，然后继续亲兄弟明算账，该几斤几两几块钱，又各自面带着笑容讨价还价起来，笑容是真挚的，价钱也是。

我后来把故乡的这种买卖场景称为“社交式购物”，买卖双方往往在实践中能彼此慢慢积累摸索出一套法则和尺度，既做成了性价比最大化的生意，又结交了意气相投的朋友，一举两得，真是人间好风景。

我妈便是这种“社交式购物”的武林高手，但凡路过我家门口做过买卖的，无一不被她的热情所拿下。她总是在买完东西后给人递一碗温水，请人到门厅下纳一纳凉，又或者送一个院子里刚刚摘下的西红柿，热情洋溢地交流一番，果然又是几竿子也打不着的亲戚朋友。卖烧肉的大叔是隔壁村的乡亲，对我们家早已熟悉，每次见了我，总是会割一小块肥肉给我，憨笑着让我吃。直到有一天，邻居家的阿姨带着她的一对儿女来买猪耳朵，我才发现大叔卖烧肉的铁皮箱子里原来不只有油腻的肥肉，也有我迷恋的猪肝。我站在一旁大声地嘟囔：“我不要吃肥肉，我要吃猪肝。”他“哈哈哈”地大笑了起来，摸着我的头说：“行，你先吃着，回头我再和你妈结钱。”于是，那个夏天，每天下午我都会准时去村头那排水杉树下，和邻居家的小伙伴一起傻傻地站着，等待着卖烧肉的大叔的到来。那排水杉树，枝干笔直，叶子薄如蝉翼，阳光透过它的间隙亲吻着我的脸庞，我那想念的童年夏天呀，多么让人迷醉。

参加工作后，家里物质条件早已丰富宽裕，而我因为工作性质也要时刻注意减肥，饮食方面吃得更是简单清淡。但每每回家，妈妈却总是备着满满一大桌子荤食，大鱼大肉不断。我说了数次后依然没有效果，以至我怀疑妈妈是故意的，搞不清楚她到底在想什么。一次我刚进家门，又见饭桌上摆满了各类荤腥鱼肉，火气突然一下子“噌”地蹿了上来，扯着嗓子喊：“你这是干什么呢妈？我都不知道说了多少遍了，我不喜欢吃这些，为什么每次都这样呢？你是记不住我喜欢什么不喜欢什么吗？”说完，我便拖着行李箱愤愤地甩门进了自己的房间，空留了一声轰鸣的门响，以及呆站在门外的母亲。不知隔了多久，像是几分钟那样短，又好似几个小时那样长，爸在门外轻轻地敲门，他低沉着声音说：“你妈做的都是你小时候爱吃的东西，你看，还有你最爱吃的猪肝，你不记得了吗？”

我的心如被飞鸟掠过的湖水，涟漪一圈又一圈。我有些愧疚，又有些不知何味的委屈与辛酸，这委屈与辛酸，是因妈妈而感受到的。我长大了，这么多年出门在外，口味早已更改，而妈妈却永远记得我儿时最喜欢的那些味道。

我轻轻地推开门，只看见她仍围着围裙，一个人端坐在饭桌的那一边，目光空落落地痴痴望着那满桌的饭菜，一动也不动。

不知为何，那一瞬间，我望着妈妈，脑海中突然幻想出了一幅可怕的画面，若将来的某年某日，我再回家，却再也没有这满桌热气腾腾的饭菜，再也看不到我那围着围裙在厨房里忙里忙外的母亲，当他们终有一天都要离我而去，那时的我面对着这张饭桌，面对着这个空荡荡的家，又会是怎样的心境呢？这熟悉得不能再熟悉的地方，那时还会是我心中永远可以依恋的家吗？此刻，屋子里的灯因我的归来而格外明晃晃，平日里，爸妈为了省电，总是只开一个小灯，只是这明亮的灯啊，却刺得我的眼睛生生地疼。

爸打破这沉默："快吃饭吧乐，坐下来吃饭。"说罢，他便向我的碗里夹了一块猪肝，"尝尝，这还是你妈傍晚去买的刚出炉的，又鲜又热乎。"我咬了一口这热气腾腾的猪肝，其实我早已忘记了小时候那熟悉的味道，也早已不再贪恋它的美味，甚至随着年纪和口味的变化，对它还多少有些反感。可此刻，我细细咀嚼它，那曾经熟悉的味道似乎又回到了我的舌尖。"唉，那个时候家里实在太穷了，你妈跟着我受苦了。"爸低着头吃饭，一边吃一边说，"你小时候馋肉，自己跑去村头赊肉吃，每次人家都在你妈下班的路上拦着她结账，一次两次还行，时间久了，我和你妈都很窘迫，因为实在没钱给人家。邻居们都劝你妈不能这样惯着孩子，你妈却一句话也没说，硬是咬着牙坚持着。"爸看着碗里的饭，又叹了口气，"直到有一天，我也觉得没有必要天天这样，我就跟你妈商量，去和卖肉的老板说一声，别再给你赊账。但你猜你妈怎么说？”我抬起头，看着爸，又看了看妈妈，眼睛里满是好奇。

“你妈说，别人家的孩子能吃的，我的儿子也能。”爸目光转向妈妈，“她不想让你和我们一样，在贫困和自卑的童年阴影里长大。超出我们能力范围的，我们也实在没办法，但只要我们力所能及的，我们一定会为你竭尽全力。”

那是我第一次听爸妈当着我的面说这些动感情的话。在一场小小的家庭矛盾冲突后，心酸、喟叹、感动……许多情绪交杂。我的眼泪悄悄爬到眼角，跃跃欲试地想要向外涌动。我又想起那个小女孩儿，我的九岁便没了妈妈的妈妈，是不是她的成长中经历了太多的辛苦、自卑、想要而不可得的伤害，所以她才如此执着地、竭尽全力地想为她的儿子守护一个无忧无虑、天真烂漫的童年？在我成长的记忆里，从来未曾察觉到我的家庭是贫困的，也从未曾感知自己有何处不如人，今天我骨子里深刻的不卑不亢、平和与骄傲，背后又是我的父母多少辛苦与付出，尊严与骄傲呢？

我的母亲，她节衣缩食坚持为我每日支付的那块猪肝，是我一生中最珍贵的回忆。这份礼物，是她不屈从于命运的骨气，是面对艰辛生活依然满怀的希望，是一位母亲全然无私的爱。在纯粹的爱的滋养中生长的人，拥有面对全世界的能量与底气。

不过，这个令我深深感动的童年故事却有一个让人啼笑皆非的尾巴。爸爸说，后来那位卖烧肉的大叔实在不忍心，便偷偷试着把我的猪肝换成了一方热腾腾的赤红的猪血，骗我说那是更好吃的猪肝。而幼小的我并没能识破他的骗术，自此，我整整吃了一个月的猪血，便再也不留恋烧肉的味道了。

她是一朵向阳花

我是吃百家饭长大的。家乡各种土生土长的美食，我一样都没有错过。后来我去过世界许多地方，见过许多风景，吃过各色美食，但心底眷恋最深的，依然是故土的味道。

妈妈虽然不擅长做饭，但人缘极好。平日里街坊邻居谁有个难处，妈妈都会主动去帮忙。到了我念小学时，家里的日子渐渐变得好一些了，爸爸时常出差带回来一些新鲜的东西，她也总是想着那些有困难的乡亲，让我这家那家地送过去。乡亲们为了表达谢意，也时不时地送来他们自家养的山鸡下的土鸡蛋，或是奶奶婶婶们自己手纳的绣花鞋垫。直到今天，每当我回老家去看望这些乡亲邻里时，年纪大一些的奶奶依然会从箱子里拿出几双她们亲手纳的鞋垫，嘴里一边念叨着“唉，年纪大了，不中用了，纳这么几双眼睛就不行了”，一边把鞋垫全都塞到我的手里。我把它们小心翼翼地窝在怀里，穿在脚下，今天我的每双鞋子里，仍是珍藏着家乡送我的这份温暖的礼物。

更多的人表达谢意的方式是直接请我们去家里吃饭，谁家包了榆树叶的包子，玉米面的饺子，煮了新鲜的红豆地瓜八宝粥，烙了油津津黄澄澄的千层饼，一个电话打来："老宋，来吃饭！"妈妈便会马上拖着我热火朝天地去蹭饭。妈妈性格豪爽、干脆，从不扭扭捏捏，相比之下，爸爸的脸皮就薄得很，他宁愿一个人在单位或是家里胡乱凑合几口，也绝不跟我们出去蹭食。不过爸爸虽然很是看不惯妈妈的这种行为，但也从未阻止过。回想起来，我时常抱怨妈妈做的饭不好吃，但我爸却似乎从来不挑食，我妈做什么他便吃什么，偶尔听到我抱怨，他还会替我妈妈打抱不平，从这一点来看，他们的革命友谊还是很深厚的。

一来二去，时间久了，我渐渐熟悉了哪家婶婶做的饭好吃，哪家阿姨擅长做什么口味的菜，一到了放学的时间，我便直接跟着小伙伴去他们家做功课，然后自然而然地留下来吃晚饭了。就这样，虽然我的妈妈厨艺一般，我却几乎吃遍了家乡每一位妈妈的拿手好菜，倒也大饱口福。

一饭一食之间往往深藏着最多的秘密。

慢慢地，我发现妈妈带我出去吃饭很可能只是一个幌子。因为大人们总是匆匆忙忙几口就吃完了，然后便神情严肃地叮嘱我们几个小朋友自行玩耍，他们转身便去了另一间屋子窃窃私语许久，仿佛有什么惊天大事在密谋。

我第一次真正识破这个"密谋"，是在妈妈常去的小刘阿姨家。

小刘阿姨家在村子的最东角，两间水泥砌成的石瓦房，孤零零地戳在荒芜的野郊外，与整个村落遥遥相望，像漂浮在亚欧大陆外的一座孤岛。从我家走过去，还要越过一条丘陵间的小山路，就算是疾步快走，也要十几分钟的路程。若是去吃晚饭，落了夜色后的回程路，便多少有些阴森恐怖。而且，小刘阿姨家也并没有什么我喜欢的饭食，每次她做的要么是萝卜丝馅儿的包子，要么就是韭菜鸡蛋合子，反反复复就这两样，妈妈说她特别喜欢这些口味，我也只能老老实实地跟在她身后当个小跟班。

但这些也不是最重要的，最重要的是她家没有小朋友，大多时候也未见过她老公。每每吃完饭，妈妈和小刘阿姨两个人便会去里屋一张又小又窄的炕上聊天，我无处可去，也只能在炕上一角干坐着，默默地听她们说一些似是而非的话。

不同于我们平日里去其他乡亲邻里家的简单随意，每次去小刘阿姨家，都格外有仪式感。从家出发时，妈妈总会从衣柜里挑选几件衣服，自己穿戴一番在镜子前美一美，又脱下来叠好，放在包裹里，又或者，她犹豫打量一番，又放回柜子里。快走到小刘阿姨家门口时，便远远地见她早已站在山包上冲我们挥手，她的身子孱弱如纸，头发虽然很长，却藏不住发梢的毛糙干枯，一阵大风吹来，便见她要随风飘摇在山包上了。饭后，她与妈妈话不过几句，刚刚迎接我们时还雀跃的脸庞转瞬便布满乌云，不多久就只是说一句哽咽一句，连啜泣声都是那样喑哑微弱。妈妈偶尔安慰她几句，拍一拍她瘦弱的肩膀，却也再没有太多的话。这样大约两个小时后，妈妈便得起身带我回家了，我们走出去好远，我回头看，小刘阿姨仍然站在那小小的山包上，打着手电筒向我们望，那微弱的光，早已照不到我们的路。

如同一个循环方程式，妈妈与小刘阿姨就这样重复着每一次见面、吃饭与聊天，而我最讶异的是，她们两个多小时的“密谋”，也并没有什么惊天的秘密。孩子的世界总是充满了无限的诱惑与新鲜，很快，我便把小刘阿姨的故事抛诸脑后了。

去年一个秋日午后，我和妈妈要回一趟老屋子取些东西。出发前，妈妈又在镜子前一件一件穿衣服，又一件一件脱下来叠起打包。这些年，妈妈的衣服大都是我给她买的，但妈妈拿出来的这些崭新的衣服，我却一件也没见过。我也发现了我妈真的是有一个神奇的能力，比如家里明明什么好吃的都有，但只要她不在家，我和我爸就愣是一样也找不到。我问她：“妈你这又是要做什么？”妈妈一边打量着镜子里的自己，一边和我说：“回去顺便去看看你小刘阿姨，给她带几件合适的衣服。这几年我们搬了家，见面的机会也少了。”我笑她：“都什么年代了，人家还要你穿过的破衣服，可别埋汰人了。”妈妈扭过头来，语调昂扬地说：“这些衣服哪儿破了，都跟新的一样，有的我自己都舍不得穿呀！”我冲她翻个白眼，催促她快点，便一起出发了。

路上，我才第一次听妈妈讲起小刘阿姨的完整故事。

小刘阿姨，名叫刘金花，出生的时候因为是家里的第四个女儿，被父母送给了不能生育的远房亲戚抚养。养父母待她倒是很好，但在她十七岁那年却因病相继过世了。她后来谈了一个男朋友，便跟着这个男人从东北老家逃荒来到了山东。她家男人是个瓦匠，起初两个人日子过得也还算和美，虽然辛苦了些，但慢慢靠着两个人四只手，在村头一砖一瓦地动手盖了两间属于自己的房子，有了自己的家。后来，他们又有了自己的儿子，新生命的到来让这个家庭充满了生机与希望。只是好景不长，男人在外面迷上了赌博，欠了赌债，三番五次地赌，最后连家门口的铁门都被拆了下来去还债了。家里的钱都被男人输光了，她自己出去打工赚回的一点钱也总是被男人抢走，不给便要挨一顿打。一次他们上职高的儿子回家来要下学期的学费，看见他爸爸又在打妈妈，爷儿俩大吵了起来，儿子一气之下骑着摩托车连夜离开了家。第二天村里传来消息，孩子那晚出了车祸，被撞死了。

我和妈妈沿着蜿蜒小路往前走，山间风景一如从前。临近时，只见小刘阿姨还是如多年前那般站在山包上冲我们挥着手，她的身子依旧瘦瘦小小，穿着一身已洗白了的牛仔衣，脸上苍白如霜，不见半点血色。反而她身旁多了一棵无花果树，碧绿的果子垂垂落下，裂开了粉红色的芯蕊，妩媚娇娜，宣告着生命的美丽。

与十几年前儿时每次到来的懵懂不同，这次见面，我似乎明白了一切。

“你试试这件衣服，我大姐在深圳给我买的，我太胖了穿不下，我估摸着你穿着合适，是新的，你别嫌弃。”妈一边说话，一边拿出一件淡紫色的风衣在她身上比量。

“嫌弃什么呢，这些年我出门干活儿，体面一些的衣服，都是你给我的。”小刘阿姨羞赧地笑，瘦削的脸被衣领浸染出几分红。

“我不也吃了你好多包子。”妈“哈哈哈”地大笑。

“你哪儿是来吃饭的，我知道，你是怕我儿子没了，我活不下去。”小刘阿姨说着，又对着妈妈红了眼眶。

“别再想了，不想了。咱们还是得好好活着。”妈妈轻轻拍了拍她的肩膀。

“你妈妈是个大善人，我这样苦命的人，多亏了她，还能有个人说说话。”离别时，小刘阿姨拎着大包小包的芸豆、角瓜、无花果，塞了我满怀。妈妈没有推拒，笑哈哈地都收着了。

夏末初秋的日头很大，我们走了几步路，回过头，能看到地上被拉扯得长长的影子，影子那边，小刘阿姨站在无花果树下向我们挥手作别。我心里其实还有很多问题想要问她，比如如今支撑着她活下去的力量是什么？比如她会去找她的亲生父母吗？比如……

但我终究什么都没有问，人生许多事，根本也没有答案。

我重新认真打量起我身边这个同行的女人，回想起儿时她常常带我去吃饭的几户乡亲邻里，落下了腿疾的德兴叔、不甘于命运的朝霞姐、在田间也要唱歌的爱光嫂……我在记忆的碎片里拼接他们的谈话，渐有所悟。在那个物质生活刚刚开始起步，精神生活还一片匮乏的年代里，妈妈带我去吃的并不只是一顿热腾腾的饭，而是与许许多多个平凡生命相惜的温暖，心灵的陪伴。

她是四邻乡亲们心中的一朵向阳花。

我的职业，是访谈节目主持人。她容纳着我的热爱，闪烁着我的天赋，滋养着我的灵魂，承载着我的理想，是我在这个世界上谋生的工具，也是我与万物生灵同呼吸共生死的月光。她是我这辈子最大的幸运。

这莫大的幸运，皆因我父母给予我全然的爱与恩赐。

我的母亲，她对生命的爱与善意，对陌生人的悲悯与同情，对普通人的理解与尊重，都已如同血液一般流淌在我的身体里。这些厚重的礼物，不仅成全了我职业的理想，人生的追求，更重要的是，它们首先让我成为一个真实、平等、完整的人。

四十一岁的婚礼

阿娟四十一岁了，爱情与婚姻一波三折。

人生第一次婚礼，她选在了自己四十一岁生日这天，算是送给自己的一份礼物。

到了四十岁还没有结婚，亲戚朋友们似乎已经习以为常，不再像她三十岁左右时那般替她张罗焦虑了。

“可能大家已经放弃我了，我也不知道。”阿娟淡淡地苦笑着，“有一次我身旁路过一对母女，那位大姐带着她十几岁的女儿步履匆匆地掠过我，虽然她很小声，但我还是听清楚了，她跟她女儿说：‘将来可别像她那样，她是个怪物。’”阿娟低头摆弄着一朵盛放的栀子花，那一大盆栀子，只刚刚冒出了几朵白嫩的芽苞，唯一一朵争春早的先绽放了，整个屋子里已然被它的香气侵袭。

阿娟起初是我的读者，后来时常有信件往来，我赞叹她饱读诗书，与她交流常让我受益匪浅。后来我受邀去福建几家书店做活动，有一站是她所在的城市，第一次见面时她捧着五六束绚烂夺目的鲜花在车站等我，那娇俏的百合、鲜艳欲滴的玫瑰和眨着眼睛的满天星把她本就清瘦的脸遮去了半边，她躲在花丛中冲我浅浅地笑，喧嚣热烈的花衬得她格外安静。我们如时隔多年未见的老朋友重逢，我问她："你给我包那么多束花做什么？"

"我想着你第一次来福建做活动，想帮你撑撑门面。"她笑得有些羞意。我也略带羞涩地挠挠头，竟不知再应答些什么才好。

身边有许多这样的女性朋友，性格好，有教养，经济也独立，但一旦到了一定的年纪，感情和婚姻问题便似乎成了旁人议论她们的万能钥匙，相干不相干的人都要轻轻摇一摇头表达某种叹息或惋惜，像是他们真的关心她们，又像是她们得了绝症，马上就要离世了一般。

从小到大，阿娟都是别人眼里的好孩子，乖乖女。阿娟爸妈都是很传统的客家人。女孩子几岁该学什么家务，几岁该读书，到了什么年纪该嫁人，在她的家乡早已经有了约定俗成的时间线。过了这条界线却没有按照相应的标准做事，就会被乡亲们指指点点。

"其实本来一切都是正常的。我听从爸爸的安排，大学毕业后回我们县城的一所中学当了老师。但自从我和第一任男朋友分手后，我那段漫长的、苦不堪言的日子就开始了。陆陆续续地，周围的亲戚、朋友、同事们就似乎都开始操心起我的婚事，不停地为我介绍相亲对象。说起来挺好笑，也挺可悲的，相亲这件事我都可以写一本书，拍一部电影了，真的是人间百态，什么样的人我都见过了。有的真的，怎么说呢，虽然这样说别人不好，但确实挺‘奇葩’的。最夸张的一位，还是我们校长介绍的，说是他侄子，特别优秀。我们约了七点见面吃晚饭，结果他八点多才姗姗来迟，说是看了照片觉得我不是很漂亮，但还是想给我一个机会，特意考验考验我，看看我脾气好不好，适不适合当老婆。那次见面之后，我连带着对我们校长都有心理阴影了。”阿娟说着说着便又苦笑了起来，“我觉得到了最后，我们这个小地方几乎所有的适龄男青年我都见过了，你说这不讽刺吗？里面其实不是没有优秀的人，也许我们自然而然地在生活中相遇认识了，反而会有机会。但到后面我已经情绪崩溃了，尊严被踩碎了一地，去相亲时整个人就像行尸走肉一样，一点光彩和自我价值都没有。那时无论亲戚或朋友是真关心还是假温暖，对我来说都是一把把刀子，不停地插进我心脏里。我好像只有一身卖不出去的猪肉。”

家里条件普通，阿娟一直很努力地读书，直到工作后才第一次谈恋爱。一次朋友组织聚会时，一位小伙子喜欢上了秀气大方的阿娟，对她展开了热烈的追求。两个人谈了五年恋爱，男方家里是做建材生意的，家境富裕，一开始待阿娟也很好。中间男孩儿因为家里的生意要去非洲三年，阿娟也痴痴地等了三年，虽然异国相思苦，但恋爱中的阿娟也觉得思念是一种甜蜜。男孩儿回国后，两家准备二人的婚事，男方买了价格不菲的婚房，阿娟爸妈出钱买了家具，做了装修，两家欢天喜地地给亲戚朋友们发了喜帖，就等着张罗大婚的日子。就在阿娟试婚纱的那天上午，陪她选婚纱的闺密一路支支吾吾，说她犹豫纠结了好久也不知道该不该跟阿娟说，她听说阿娟男朋友在外面可能有别的女人。“我像被雷劈了一样，整个人的灵魂都在游荡。”阿娟噘了噘嘴，叹了口气。她问男友，男友一开始还否认，被逼急后竟索性承认了，原来这几年他除了阿娟，在外面一直都有别的男女关系。

“他一开始是哄我，他妈妈也劝我说有钱的男人都是这样，很多事不如睁一只眼闭一只眼，重要的是让我把财政权管在手里，将来做自己的富家太太。”阿娟无奈地摇摇头，“当时我觉得这一家人的想法都太可怕了。我回家和爸妈哭诉这件事。我爸沉默了一晚上，第二天问我怎么打算。我说我也不知道该怎么办，但我接受不了这样的婚姻。我爸连着抽了好几根烟，竟吞吞吐吐地说：‘你已经二十八了，而且你俩也同居过了，如果这次婚事拉倒了，丢人不说，以后哪儿还有大小伙子会要你？男人在外面偶尔心猿意马的也正常，还是要看你有没有本事收住男人的心。’又说：‘咱家装修、买家具，前前后后也花了小几十万，家里一共就这么些存款，都花在你结婚这件事上了。如果这次我们主动提出悔婚，这笔钱估计也要不回来了。’”

“你怨恨你爸吗？”

“也不是怨恨吧，很复杂的情绪。”阿娟低下了头，“一方面我理解我爸，人穷志短，我知道家里是真的没钱。爸妈省吃俭用了一辈子，辛辛苦苦给我攒的嫁妆，就这么打水漂了，确实难以接受。但我也很伤心，从小到大，我就像是我爸的一个傀儡。他希望我按照他的想法去生活，按照他的愿望去努力，按照他的期待去结婚。一切都是为了满足他的面子，他的虚荣，他的不得志。有时我都会问自己，他到底是爱他女儿，还是只爱他自己？”

我跟着沉默，也不知该怎样回答她，只能转移话题：“你妈妈呢？你妈妈是什么态度？”

“多亏了我妈妈。”阿娟破涕为笑，“真没想到平时那么温柔文静的一个人竟这么勇敢。”

第二天一大早，阿娟妈妈一个人去了男方家，当着小伙子父母的面说：“我们家是没钱，但我女儿也是我身上掉下来的肉，绝不会跟着你过这种委屈的日子。这婚事我们取消了，但你欠我女儿一个道歉。”

男方最后派人来退还了装修和家具的钱，从此两家便再无联系了。

那件事后，阿娟和爸爸的关系陷入了僵局，很长一段时间父女俩都不怎么说话。阿娟爸爸会把替她张罗的相亲对象的信息写在一张纸上，阿娟看了也从不回应，过几天也只是像完成任务般地去走个形式。

“大概我三十五岁那年，我妈有天夜里来我房间特别认真地说要跟我说说话，她劝我不要再去相亲了，让我想怎么活就怎么活。”

这倒让我有些意外。“阿姨主动找的你吗？”

“是的。我一辈子都感激我妈。如果她那次不找我，我觉得我再那样下去一段时间可能真的就要死了。我那时其实已经被逼得有些抑郁了，但我当时不懂这些健康知识，不懂什么是抑郁症，就觉得每天活着没什么意思，常常想死了算了。”阿娟情绪有些激动，“那次我们聊了一个晚上，我跟她说我真的很痛苦，不想活了。我不明白我爸为什么一定要逼我，他为什么就不能体谅体谅我？说到最后我抱着我妈号啕大哭。半夜我爸被我们吵醒了，他就站在门框那儿，看着我们娘儿俩哭，一句话也没说，一直沉默。第二天吃午饭的时候，我爸给我碗里夹了一块鱼，低声地说我要是暂时不想谈对象，就先不谈了。我又不争气地边吃着鱼边哭了起来。那之后我爸再也没有给我张罗相亲的事。”

“你看你爸其实还是爱你的，他只是不理解你，在按照他自己的方式去替你做选择。”我看着阿娟认真地说，“每一代人的生活都有它的局限性。我们这一代人是在现代背景下成长起来的，这是深受农耕文化伦理所影响的祖辈父辈们所未曾经历，也不能想象的，他们很难理解我们如今对生活、情感与人生的不同追求。他们在自己人生经验的范围内希望儿女们能尽量过上稳定、富足，在群体社会关系中体面的生活，换位思考，也是可以体谅的。你也不要太埋怨和误解你爸爸。”

“我也意识到了。像我妈妈，虽然她也没读过太多书，但她骨子里其实是一位现代女性，她对人生的追求、对价值观的判断都是现代性的。我妈曾和我说过，我的生活她没有经历，但我和她多沟通，她虽然不能完全体会，但她是理解的；我爸呢，就是无论怎样沟通，他骨子里还是闭塞的。他最终选择了沉默，默认了我对生活的选择，并不是真正意义上的理解我，他只是再也不说罢了。我爸去年年底因前列腺癌走了，在病房时，他还是时不时小心翼翼地想提起我什么时候能结婚的话，我看他那么虚弱，问得那么卑微，我每次都是笑着跟他说：‘你好好养病，我一定尽快。’然后就仓皇地找一个借口一个人跑到外面痛哭。那时候我完全理解了爸爸，他不是不爱我，他真的就是这样的人，心里一直有这么个念想，他觉得我早点结婚就会幸福，他也就走得安心了。你知道吗？那时候我觉得自己特别不孝，可是我真的不知道该怎么办，怎么面对他。”桌上一捧大红的玫瑰投映在阿娟的眼眸里，她翻滚的泪水如颗颗珍贵的红宝石。“我妈每次听到我爸这样说，就会嗔怒着责怪他：‘先管好你自己吧，你现在这个病样子谁敢娶我们女儿？你病养好了她就有机会找到更好的人了。’我爸听到我妈的话就会‘哼哼’两声，这个话题也就过去了。然后我妈回头又会过来跟我说：‘你爸也是关心你，只是可能他关心的方式不对。你过得开不开心只有你自己知道，别管你爸，也不用管我，我和你爸管好我们自己，你过好自己的日子。’”

“我和我妈从那之后的交流越来越多。我跟她说，不是只有他们着急，我一个人孤独的时候，也很渴望一份真实的、可以触摸的感情。但到了我这个年纪，感情就更不会是为了凑合而凑合了，必须是因为爱，我才会进入婚姻。我期待婚姻，并非把它看作人生的必经路和终点，而是我想尝试与经历这种两性关系、家庭关系和社会关系。有时候我也会想，两个人得到一种什么程度和状态，才能愿意彼此约束与携手，认定一起走一辈子。当然，没有婚姻两个人也可以生活得很好，但婚姻无疑是这个社会给两个人彼此间最明确的定义。”阿娟认真说着，突然莞尔一笑，“每次和妈妈一起躺在床上聊天，我都会像这样自顾自地说一大通。妈妈大多数时候就是安静地听着，然后在快睡觉的时候摸一摸我的头发，像我小时候那样。她说她相信我总会遇到自己喜欢的人。”

也不知是天意弄人还是缘分天定，阿娟爸爸走后的某天下午，阿娟妈妈去菜市场买菜，路上被一辆迎面而来的车子撞倒了。阿娟妈妈右脚骨裂，看起来有些严重，但也没大碍。车主是一位穿着得体的中年人，他倒是尽心负责，连连赔礼道歉，又是第一时间送医院又是隔三岔五地来探望，弄得本来满腹惊惧的阿娟倒不好意思开口再说什么了。一来二去，有一天妈妈把阿娟叫到眼前，眉眼间满是笑意。“我观察了他好多天，越来越觉得他就是你说的那种男人。我偷偷替你打听了，他结过一次婚，后来因为老婆坚持要出国两人离婚了，现在单身，不过带着一个六岁大的男孩儿，从上海回来创业的。你介不介意？”

阿娟一脸笑意：“妈你这住着院整天都在想些啥呢？”

举办婚礼的前一天，阿娟带着已经领了证的丈夫一起来祭拜父亲。他们一起给父亲磕了三个头，阿娟一个人又给父亲鞠了三个躬。

“我要感谢妈妈，她对我的理解和尊重，让我挺过了人生中所有黑暗的时刻；我也要感谢你，爸爸，虽然我们彼此都曾误解，但你还是爱我的，有了你无言的支持，我才等来了今天的幸福。我怨过你，但我也爱你，爸爸。”

他拥有真正的快乐

第一次到重庆便爱上了这座山城。

傍晚时分，我穿着一双草垫拖鞋出门溜达，穿梭行走在这座城市的绵延小巷中，走到哪里，都是错落起伏的路，仿佛脚尖也是跳动的。盛夏的晚风妩媚轻柔，吹落了一地的合欢花蕊，一簇簇粉红的绒毛又随一阵风在空中起舞，绽开了第二次生命。第一次吃到正宗的手磨冰粉，第一次乘坐穿越百姓人家的轻轨，第一次见到整座山谷波澜壮阔连成一片的火锅店……

这座城市如此让我着迷。

第二天演讲，我们便提前一天抵达。晚饭后，重庆当地的朋友阿杰夫妇带我和同事散步消食，顺便欣赏这座浪漫城市的夜色。

我们一路说说笑笑，只闻不远处乐声震天，人群熙熙攘攘，甚为热闹。阿杰说，那儿是重庆一处有名的地方，叫观音桥。走上前去，嚯，我心中不由得感叹惊讶：“好大的场面！”

与我常见的北方少则数人多则不过数十人，各式各样的舞蹈混杂在一处的广场舞不同，这里宽阔的大广场竟有近千人动作整齐划一地在一起手舞足蹈，场面蔚为壮观。广场中心正对着的远方台阶中央，有一位领舞，仿若天之仙子，俯瞰众生，笑视人间。

我驻足欣赏，心情随之轻松愉悦，时不时感到新鲜奇妙。比如定睛再看，那位领舞竟然是位小伙子，舞姿却婀娜妩媚不输场上任何一位姑娘。阿杰说，他在重庆名号很响，许多大型活动他都是座上宾。比如除了年纪大一些的阿姨，也有非常多年轻的女孩儿，跳起同样的动作却是完全不同的风姿。再比如我大概数了数，男性群众竟占了三分之一，这在北方真是不敢想象。

但这一连串的惊奇，都不如一位大叔吸引我们的目光。他仿如这偌大的广场中最清奇的人，牢牢吸引着我的目光。

他应是四十多岁的样子，个子不高，白白胖胖，尤其是挺着一个大肚子，怎样看也不像是会跳舞的人。但音乐一起，他行云流水的动作却让人大笑不止，怎么说呢？既不能说他跳得不好，因为动作真的是异常娴熟，但又很难说他跳得好，那与旁人比起来的夸张动作，一直在不停抖动的肉嘟嘟的肚腩，还有自带切换的表情管理，都实在让人忍俊不禁。八月的重庆正是盛夏，随着肚腩的甩动，大叔的汗水四溅，更添了一分滑稽。

我望了望四周，围观的游客和群众也都在鼎沸的议论和笑声中相互探讨。

但我看着看着，燥热的心却随之慢慢安静了下来，一股神奇的力量紧紧地抓住了我。音乐不停地换，他也跟着不停地换舞蹈动作，广场上已经有很多人因为不熟悉新的舞蹈曲目而退了下来，他却每一首都表现出同样的热烈与认真，全然不顾周围的声音与目光，陶醉地沉浸在自己的世界里。

那份热烈、那份认真，是生命的芽，冲破他夸张的动作、肥胖的身躯、世俗的质疑与嘲笑、偏见与狭隘，径自生长，参天而上。

那盛大的绽放的生命的美，从灵魂之内汹涌袭来。

我愈发羞愧。

长久以来，我自诩包容宽厚，对世间万物秉持一颗赤子之心，同情弱小，理解善恶，知众生艰难，人生辛苦，从不轻易对他人他事指责与诋毁。

也正因如此，世人都只见大成功者有大光彩，我却总能见到他们身后无形的如山重负与内心的如临深渊，更能理解那些大残缺与大孤独，与嘉宾之间彼此也更多了一些生命深处的抵达与守望。

而今夜，我却被庸俗的偏见所障目，被潜意识里隐藏的恶所侵扰，以一种看似的无意，伤害着这位真诚地活着的大叔。

尽管，他未必感受得到。

因为这份羞愧，我在旁边等了许久。直至午夜将近，人群才慢慢散去。

我走上前跟他道歉："真惭愧，刚刚我还在嘲笑您的舞蹈，其实您跳得真好。"

他有些惊讶，看了看我，笑着说："我还是第一次遇到有人来道歉的。没事没事，我都习惯了，还有人追着打我呢。"

我心中更感羞愧，又夹杂几许叹息，仿若那罪恶的伤害中也有我一份戾气。

我问："您跳了多久呢？"

"十几年了，明年我就六十岁了。怎么样，我长得还挺年轻的吧？"他一直笑得爽朗。

这真是有些意外，我以为他也就四十多，六十岁，还真是可以称为大叔了。反正已聊得坦荡，我也不介意再唐突一句："那您这肚子？"

大叔笑起来的声音也很魔性，是那种"嘎嘎嘎"的笑声，让人不禁跟着一起开心。"我实在是太馋了，每天跳完都得大吃一顿，减不下来啊。"

两个人坐在广场中间聊。夜深了，凉风渐起。

经常来跳舞的舞友们都亲切地唤他"达叔"。我问达叔："您从什么时候喜欢上舞蹈的？"达叔露出一副骄傲又略带狡黠的表情："嘿，我那可是祖上传下来的手艺，我姥姥可是我们当地有名的舞蹈老师，知道吧？教出来好多大舞蹈家。"聊起来才知道，原来达叔的姥姥是一名专业的舞蹈演员，在当地曾颇有名望，后来因为战乱，姥姥跟着姥爷连夜逃去了海南，留下了年仅七岁的达叔妈妈和十六岁的达叔舅舅相依为命，据家里的亲戚说，后来听到消息说他们又辗转去了台湾，但这也只是在外讨生活的老乡的囫囵消息，二人从此便杳无音信了。

达叔妈妈跟着姥姥练过两年基本功，此后就是靠自己摸索了。村里的人常在兄妹二人背后指指点点，说他们是被爸妈遗弃的人，年幼的达叔妈妈那时还不懂事，总是抱着哥哥的大腿哭，哭着要找妈妈。达叔妈妈去世前，曾把达叔和三个女儿都叫到眼前，拿出了一幅画，是达叔妈妈花了二百块钱请当地的一位美术老师画的姥姥姥爷的画像。她连一张父母的照片都没有，只能凭借兄妹二人的记忆让老师画出想象中父母的样子。达叔妈妈把画像装裱好，抱在怀里，她叮嘱达叔她死后要把这幅画和她葬在一起。“我妈妈离世之前跟我们说，她从来都没有相信过那些流言蜚语。她和舅舅虽然不知道当时究竟发生了什么，但他们坚信姥爷姥姥对他们的爱。那份爱虽然只陪伴了舅舅十六年，只陪伴了妈妈七年，但他们感受得到，足以支撑他们走完这一辈子。”

达叔从小便和妈妈一起学跳舞，长大了一些，达叔才意识到，妈妈也是以跳舞的方式在思念姥姥。“我妈总说，姥姥在跳舞的时候是最美的，也是最快乐的。她存留不多的画面里，记忆最深切的一幕便是姥姥一边怀抱着她，一边翩翩起舞的模样。”

只是达叔妈妈也是野路子出身，并没有受过正规的舞蹈训练。达叔模仿妈妈，舞蹈基本功就更是“走火入魔”了。

小时候，达叔和爸爸妈妈去田间插秧，别人家的妇女都是沉默不语地闷头劳作，只有达叔妈妈一会儿哼一段小曲，一会儿把秧苗做道具，情不自禁地便在田间舞了起来，引来众人的围观，也少不了许多人暗自侧目。“那时爸爸就是一直看着妈妈笑，我妈跳完了总会让我爸点评一番，爸爸每回都说，跳得比螃蟹好看。我妈就气得满田间追着他打。”晚风习习，拂过达叔的脸，他回忆这些画面，皱纹里都是笑意。“我们家的田里总是欢声笑语不断，村里人都说我爸妈是穷乐呵。你可能不了解，那时候穷人家连块好的地都没有，我们家里的地是爸妈自己动手在野林子里开荒开出来的，土地最贫瘠，耕种起来也最累，但我的记忆里从来没觉得那些日子有多苦。妈妈的舞蹈为我们家遮挡了生活所有的辛劳。”

“所以你跳舞也是思念妈妈的一种方式吗？”

“也是也不是吧，哈哈。我和妈妈都是真心喜欢跳舞。我觉得那是姥姥留给我妈的一份礼物，我妈又影响了我，你看我们家，相当于传了三代。这要是写在书里都算是名门望族了，嘎嘎嘎嘎嘎。”

我被达叔这独特又爽朗的笑声感染，自己也跟着“哈哈哈”地大笑起来，我逗他：“您这技术也能算是家族传承啊？”

“怎么不算？我年轻的时候跟着父亲外出打工，在工地经常给他们表演舞蹈，他们都夸我呢。现在广场舞这么风行，我终于找到了属于自己的舞台。”达叔认真地说，“我的人生，包括我跳舞，遭受过很多白眼，很多歧视，但我妈跟我说过，不要在意别人怎么看，人生一世，最重要的就是你自己要拥有真正的快乐，这就足够了。”

午夜，城市的灯火渐渐退去，留下的几盏与天上的星星交相辉映。暑气已散，清风徐来。几只飞蛾在清明的灯光下盘旋飞舞，那舞姿旖旎，像他的嘴角飞扬。

生命依然值得

有一晚录制节目到深夜，第二天早晨又是很早的航班，预约了一辆专车，希望能在车上睡一会儿。

困意太强，夜色尚浓，上车的时候眼皮止不住地打架，只是隐约看见一位身着白色衬衣的专车小哥很有礼貌地帮我开了车门，又帮我把行李箱安置好，我道了声“谢谢”，便一头倒在后座的座椅上眯起眼睛准备小睡一觉。小哥扭过头来问我：“您是去出差吗？去哪里？”我很小声地敷衍：“去四川，做一场演讲。”“哇，那您是名人，好羡慕，您去我家乡演讲过吗？您要是去了，我一定去听。”他言辞清亮，在黎明前的黑暗中让人听了格外清醒。

但我实在太困了，思维已陷入混沌，便没有再回答他，闭着眼睛养神入睡。他见我没有回应，却依旧自顾自地和我说起话来：“我老家是安徽宣城，您知道吧？我们那里是宣纸的发源地。”“我不是很喜欢北京，空气太干燥了，还是我们那里环境好，我想早点回南方去。”“不过再待六个月，我应该就可以走了，希望能一切顺利啊。”“唉，我也没什么文化，找不到什么好的工作，只能晚上出来开滴滴了，很羡慕您。”……

通常，专车司机很少会主动和乘客聊天，更不会这样“滔滔不绝”。我略感惊奇，又觉得有些有趣，凭着职业敏感性，我意识到他一定是一个有故事的人，而且正处在某种命运的转折处。他想倾诉。

我不忍心打断他，心里想着，索性是睡不着了，便和他好好聊聊吧。我问他：“是家里出什么事情了吗？还是有亲人在北京住院？”

他有些意外，满脸疑惑地回头又看了我一眼，但瞬间便恢复了轻松的语态：“您怎么知道的？是啊，我女儿，今年三岁了。二〇一七年三月，她才一岁多的时候被确诊为视网膜母细胞瘤，到现在一共做了十一次手术。”

我的心瞬间被撕扯得生疼。

其实早已听过很多这样类似的人生悲凉事，为了争取更好的医疗条件，许多外乡人在人潮汹涌中奔赴北京，只为了能给亲人带来多一丝丝的希望。但这样一个小小的生命，还未曾感受过世界的五彩斑斓，没有沐浴过生活的和风暖日，却已经遭受了如此多的磨难痛苦，任谁听了都是心中难以安宁。

我不知该如何再问下一个问题。似乎不问，悲苦的事便未曾发生。

但他却仍滔滔不绝，竟显得我的悲伤有些轻浮。

他一路给我科普什么是眼癌，讲述他们夫妻二人带着女儿的就医之路；埋怨老家医院有的医生不靠谱，耽误了女儿的病情，也感激遇到了好的医生，主动帮他介绍专家；告诉我中国这个领域最好的医生都有谁，他自己现在也是半个专家。零零散散，也没有什么逻辑，一股脑说了许多。说到一些关键处，他言语间竟流露出了些许骄傲的姿态，仿佛在向这个苦难的世界宣告着自己的顽强与坚忍，向想要打垮他曾经幸福家庭的疾病和无望宣告着乐观与不屈，向他的小女儿宣告他作为父亲为她付出和守护的一切。

我只是默默地听着。四十多分钟的行车路，时间突然变得极为珍贵。每一分每一秒，我都不舍得打扰，也生怕哪句话冒犯到他。

也许我能做的，就是陪着他，这位与我年纪相仿，却已背负了生活千斤担的年轻父亲，一段半个多小时路程的倾诉。

临近下车的时候，我说："特别对不起，但我还是想问一个很残忍的问题……如果按照医生所说，你女儿的病几乎是没有希望痊愈的。你这样坚持，什么时候是个尽头呢？"

他沉默了几秒，语气变得沉缓："我和我老婆商量过了，只要我们还有一口气在，我们就一定会救女儿，无论将来会走到哪一步。"

生活里那些无言的时刻，往往藏匿着人生的真相。

此刻我静默以对，感慨他们身为人父人母的伟大，也在叩问自己一生中可以为了谁付出所有，付出这样看不到尽头的爱，为我的父母吗？还是为了我还未谋面的孩子？为了心爱之人吗？世人皆仰慕那深沉的爱，但大多期冀的只是被爱，而不是去爱，只是得到，而非付出。

这位和我年纪相仿，并没有受过太多教育的男人，他的这份执着的爱、担当与人性之光又是从何处生来的呢？满怀追问，我好奇他的父母。“给你女儿治病的过程中，你爸妈是什么意见？”

猝不及防，这位一路神色轻松、说说笑笑的小伙子竟突然失声痛哭了起来。“我不是一个合格的儿子，我对不起我爸妈，我不孝啊！本来我们家过得挺好的，要不是因为我，他们到了这个年纪应该安享晚年的。现在我把房子卖了，车也卖了，我女儿治病欠了那么多外债，我爸虽然嘴上从来不和我多说，但其实都是他在偷偷地替我偿还。上次家里真的再也拿不出钱了，他说我都已经尽力了，这样下去不是个办法，他想让我放弃。我和我爸大吵了一架，我不能放弃啊！其实我知道，我爸妈是心疼我，不想让我一辈子活得那么苦，也不忍心让孙女一辈子承受这么多的病痛。我很愧疚，很自责，我对不起我爸妈。我也不是一个称职的丈夫，结婚前承诺我老婆的日子，到现在一样也没有实现。我也对不起我女儿。我不知道是不是我上辈子做错了什么，才让我女儿这么小的年纪跟着我受这么大的罪。”

车停靠在路边，他后倚在座位上，一直不停地用手擦眼泪，那一刻，这个坚强的父亲只是一个受尽了委屈的孩子。

“你如何评价你的爸爸妈妈？”我相信他的父母一定给了他无限的力量，我渴望着他在回应中能够得到哪怕一刻的短暂抚慰。

“从小到大，我都是和我妈比较亲，有什么好吃的好玩的，我妈都一定会留给我，妹妹老说妈妈重男轻女。现在为了我，平时很爱美的妈妈一年连件新衣服都没有，穿的都是打补丁的衣服。都六十岁的人了，每天凌晨四点还要去村里的板子厂打工，辛辛苦苦一天，赚不到一百块钱，回来还得去做农活儿。

“我爸很疼我妹，对我就特别严厉。我记得大概十岁那年，具体上几年级我已经忘了，有次考试我没考及格，我爸就狠狠地揍了我一顿，把我鼻子都打出血了，我跑到外婆家待了几天。我那时候特别不理解我爸，心里很怕他，其实到现在，我心里还是有些惧怕他的吧。如今想想，有哪个孩子不是爸妈的心头肉啊，他就是望子成龙，现在真后悔没有听他的话，好好读书。后来长大了，有点本事了，我经常和我爸吵架，总是跟他唱反调，说过很多伤他心的话。这次回北京，我实在是没钱了，没办法，只能又跟爸妈张口，我妈说家里实在是一分钱也没有了。第二天一大早我一醒来，却看到我爸给我转了九千块钱，我知道他肯定是连夜挨家挨户地替我借了钱。他是那么好面子的一个人，我都不能想那个画面，一想就像被针扎着一样，又痛又心酸。去年过年回家，我看到我爸的头发竟然已经全都白了，他还不到六十岁，就真的是一夜全白了，他为我操碎了心。其实我现在真的想和爸爸妈妈说一句：你们辛苦了，儿子不孝，我爱你们。”

我伸出手，轻轻拍着他的肩膀，车里寂静无声。

“对爸妈的感谢也不要闷在心里，多和爸妈表达爱，他们需要。这也是一种孝。”过了一小会儿，我认真地和他说。

他没有回头，嗓音一直哽咽：“我知道了，我会努力的，真的谢谢你。”

我望着这个男人的背影，这位年轻的父亲，他又曾独自在多少个日日夜夜里默默流下眼泪呢？我专访了很多名人领袖，曾问过他们同一个问题：我们该如何面对苦难的人生？我没有忍住，也同样追问了他：“熬不下去的时候，你是怎么过来的？”

车已经到了终点，天际的鱼肚白已经层层渲染，铺亮了整片天幕，朝霞卷着金灿灿的织锦一大团一大团地点缀其中，折射的光刺得我的眼睛微眯。他顿了顿，依然没有看我，只是死死地盯着方向盘。“我每天都想死，但我知道我得活着。我女儿能活多久，我就坚持多久。我得把我女儿治好。”

机场路边不能停车，后面的车鸣笛，手机不停地提醒他接下一单的客人，分秒之间，我下了车，还没有反应过来，车子便开走了，驶向远方。

我愣在原地，久久不能平复。

那天清晨，这位平凡的，曾在南方家乡开货车的三十二岁的司机小哥，带给了我巨大的生命震撼。

我心里一直念着这件事，可惜当时没有来得及留下这位司机小哥的联系方式。朋友指点我说，通过滴滴的服务平台，有一个投诉与建议的功能也许可以联系到他。果然，最终打通了电话。

我说明了缘由，希望能帮到他。但为求谨慎，还是希望他能提供一些孩子的就医资料和证明。他有些意外，在电话那头反复表达感谢，加了微信，马上就发来了很多资料和照片。照片里，孩子的眼睛被纱布裹得一层一层的，被妈妈拥在怀里，嘴巴咧着，灿烂的笑容溢满了镜头。

我把这个真实的故事写了下来，发在了朋友圈。许多朋友表达了关心、鼓励和帮助。最为感谢的是滴滴创始人程维先生，以及滴滴公益的魏歆庭女士，他们看到了我的朋友圈，主动联络我，在核实事实后，给这个三岁的孩子提供了专款帮助。

这是一场爱与善意的接力。《布达佩斯大饭店》里，在逃亡的火车上，古斯塔夫对Zero（零）说："即使世界混乱疯狂如屠宰场，还是有文明的微光出现，那便是人性。"真心祈祷这位小姑娘能够快快恢复健康，快乐成长。有一天，她能看到，是她的父母、她的亲人，还有那些关爱她的陌生人，让她在废墟之上也能得见光明。

三年来，每次往返北京，我都会请健和，这位年轻、勇敢的父亲来接我，一路车程，是我们两个男人间独特的生命对白时刻。他分享所有，我触摸一切。

就在我写这篇文章前不久，健和给我打了一通电话，平日里他很少主动和我联系，这是一份男人特有的规矩与分寸，他怕打扰我的生活。我接通电话，那边他已哭得喘不过气来，我安静地听着他哭了一会儿，等他的哭声渐渐微弱，我问他："怎么了，发生什么事了？"他说："医生让我签字，是否同意女儿进行手术。手术不做，孩子可能撑不过半年；但做了，她的另一只眼睛也可能保不住了。"

两难之间。

健和呜咽着说："不签这个字，我就是杀我女儿的凶手；签了这个字，我就是让她一辈子看不见的罪人。你说，我到底该怎么办？"

手术最终很成功。虽然此后的漫漫人生，这个五岁的小女孩儿每隔半年都需要去医院做一次复检；虽然他们一家人仍然需要继续战斗，保住孩子的另一只眼睛；但是，这位年轻的父亲，与他的父母、妻子一起，卖房卖车，砸锅卖铁，硬生生用了三年的时间把他的女儿从死亡边缘抢救了回来。

我被这位同龄人的勇气与坚忍所震动。三年来，与其说是我在帮助他，不如说在我每一个生命的灰色瞬间，他都在激励鼓舞着我。

我曾问健和："后悔过当初的选择吗？"

他回我："我觉得父母为孩子做的事，从来都不后悔。"

不再是悲伤，我听了他的回答，脸上铺洒着的，是自然而充满着生命力的微笑。健和的父母对健和，健和与他的妻子对女儿，都是这般阳光灿烂。

我多么想和这位不幸又幸运的小女孩儿说说话：丫头，你的人生路接下来不好走。但相信你的爸爸妈妈因你而生长的坚忍、勇敢与爱，也能如沙漠里的生石花，牢牢生长在你身上。

命运多么残败，生命依然值得。

这是你的爸爸妈妈，送给你的最好的礼物。

十万中国远征军

二〇〇八年一月，云南腾冲，国殇墓园。

一直往里走，有一座青草遍生的山包，山包上全是小小的墓碑。每一个墓碑上都刻着一个名字，漫山遍野。

阳光从树丛中照射到墓碑上，岁月的风吹起了一层层尘土，和着光，迷离又夺目。

那天清晨，三十二岁的孙春龙站在山包下面，望着这一座座小小的墓碑，禁不住泪流满面。

一九四二年，日本入侵缅甸，中国外援物资运输通道被切断。为打通中国西南国际交通线并支援盟军，十万中国远征军出征，进入缅甸作战，开启了这人类战争史上光荣又残酷的史诗之战。一年多之后，中国远征军从滇西及印度两个方向发起反攻，最终取得了滇缅印战场的胜利。滇缅印整个战场投入兵力约四十万，伤亡大概有一半。

国殇墓园，埋葬的正是那场悲壮的战役中牺牲的烈士们。

我因录制《理想者》节目专访公益项目“老兵回家”的发起人孙春龙。我曾问过每位嘉宾同样的一个问题：“在你心中何谓‘理想者’？”孙春龙说：“我心中所谓真正的‘理想者’，就是比普通人看得更远一点。就像画饼充饥一样，不停地看到远方有一个很美好的东西，他愿意为这份美好而不懈地去努力，即使这个东西，他至死也得不到。”

国殇墓园之行两个月后，孙春龙起程，赴缅甸采访那些至今仍然留在缅甸的老兵。

孙春龙采访的第一位老兵，叫李锡全，八十九岁，老家在湖南。

李锡全告诉孙春龙，他一九三八年出来打仗，整整七十年，再也没能回家。

孙春龙内心颤抖，脱口而出：“我帮你回家吧。”

从缅甸回来后，几经周折，孙春龙终于找到了老人家失散在国内的亲人。找到之后，孙春龙托当地的华侨朋友转告老人。朋友说，老人得知找到了他的亲人时，哭得非常伤心。

孙春龙当时还有一些不理解。“他应该高兴才对，为什么那么伤心？”

后来他才明白，这么多年来，老人不是找不到家人，也不是不想回家，是他根本回不去。

首先是钱的问题。比钱更难的，是身份问题。

老人窘迫的收入支撑不起这些基础的路费，而更困难的是，他根本就没有办法从一个国家跨越国境到另外一个国家，因为，他没有任何的合法身份证件。

绝大部分当年困留在东南亚的老兵，都没有身份。这些当年留下来的人，被当地人叫作“难民”。

在相关政府部门和爱心人士的帮助下，老人的入境身份问题终于得到解决。

八十九岁的李锡全，在时隔七十年之后，回家了。

孙春龙印象特别深刻，那天的雨在天空中绵延成线，八十九岁的李锡全打着伞站在母亲的坟前，呜咽地对着坟头大声哭泣，不停地呼唤着：“娘，我回来了。”

他已经老到膝盖没有办法弯曲，老到无法再向已逝的父母下跪，但老人依然颤颤巍巍地匍匐在母亲的坟前。

这一跪，几多沧桑，几许无奈。

后来，很多老兵都向孙春龙描述过几乎同样的画面和场景：

他们当年出征的时候，每一位母亲都会站在家门口，跟自己的儿子说：“娘等着你，儿一定要回来。”

我曾主持过一场纪念中国抗战胜利的主题晚会，导演组在筹备节目时，收到了一封迟到了七十年的家书。

这封家书，是一位名叫李正德的士兵写给母亲的，信中他说：

“母亲大人，有两封信寄回家，不知大人收到了吗，也不见回儿的信，也不知家里的生活怎样。”

信一共三页，只有第一页尚能看清，第二页和第三页，已被七十年前战场上的血迹染得模糊难辨了。

这是一封没有寄出的家书。找到这封家书的，是七十一岁的康明先生。两岁时，他的父亲牺牲在了朝鲜战场上，数十年来，他反复往返朝鲜、韩国，寻找父亲的坟墓和遗骸，几经奔波，几度风雨，最终他找到了。此后，他又开始自发组织并帮助在抗美援朝战争中牺牲的烈士亲属寻找战士遗骸，至今，他已经帮助数十个家庭找到了曾音信全无的亲人。尽管这些战士已经死去，但他们的灵魂可以回家了。

康明在韩国的档案馆里发现了这封家书。他马上回国，根据信件地址联系上了这位已经牺牲了的战士的亲人。烈士李正德的弟弟李胜德和烈士侄子李永勇专程从广西柳州赶到了节目现场，由康明亲手把这封迟到了七十年的家书送还给他的家人。两位七十多岁的老人在台上相拥的那一刻，现场掌声雷动，众人动容。

泪水从李胜德已枯黄干涩的眼角缓缓滑落，他轻轻地念着：“妈妈，二哥回家了。”李正德、李胜德的母亲于二十世纪八十年代离世，去世前，他们的母亲口中一直唤着她二儿子的名字，李正德。念念而终。

每一个走上战场的士兵，都有一位等他回家的母亲。

在历史的洪流面前，每一个具体的生命都微不足道，每一种渴望的命运都颠沛流离，每一次深情的离别都荒如草芥。

未曾经历过时代动荡、战乱与灾难的我们这代人，理应感谢那些为了这片土地抛头颅、洒热血的战士。他们中的许多人，少小离家老大回，再回已无家可归，父母坟前青青草，道尽多少离别泪。

这是一代人，送给一代人的礼物。

一封家书

人生如何与父母说再见

亲爱的爸爸，亲爱的妈妈：

我爱你们。

人生中太多珍贵的话，我以往总习惯于放在最后，或放在心里，但其实从一开始，从我来到这个世界的第一秒开始，我就深深地爱上了你们。

说起来，虽然我常常与你们沟通，但这样认认真真地，一个字一个字地给你们写一封信，却还是头一次。写这本书的过程中，我常常会想到许多事。沿着时间的河回溯追忆我的童年、少年时期，一幅幅关于你们的画面如电影般在我面前一一闪过。

有些话我从没对你们说过。

我六岁时，妈妈一个人躲在墙角处大哭，那是你和我爸在很多次争吵后对婚姻的绝望和孤独的无助，这一幕我并没有刻意去铭记，但那敏感的悲凉与恐惧，却在之后很长的日子里若隐若现地潜伏在我的意识中，并深深地影响了我面对感情的态度。初三时，我进入青春叛逆期，一向乖巧懂事的我一夜间成绩从全班第一名落到十几名，拿着成绩单回到家，你一句话也没有说，像一摊烂泥一样把自己摔在地上号啕大哭，我知道，那是你对人生满腔的志向和希望全都破碎了的声音。念大学时，姥爷走了。这个世界上最疼爱你的人，不是别人，不是爸爸，甚至也许不是我，而是姥爷。他走了，你哭了有大半年，你说你在这个世界上再也没有爸爸妈妈疼你了，你不再是一个孩子。

我回忆里，你掏空了自己的落泪时刻，只有这三个场景。余下的所有记忆，都是那个圆圆的、红扑扑的，像苹果一样的笑脸，仰天“哈哈”大笑的模样。你怎么那么爱笑呢，我最爱的妈妈?

我甚至在童年里追寻不到爸爸的足迹。

你是那么不会表达爱的一个人，以至我真的曾怀疑过你是否像妈妈一样爱我。我一度认为，妈妈给予我的爱是全然无私的，而爸爸的爱中却掺杂了太多人性的复杂。但当我在写这些文字的过程中，往事一幕幕涌上心头，我重新去理解你的生、你的成长、你的痛苦、你的梦想，你那些得到和没有得到的爱，我才第一次真正地认识了你，我的父亲。上次，你喝了点酒，笑着跟我说，你攒了多少多少钱，年底准备全都给我。我有些惊讶，知道你和妈妈习惯了省吃俭用，但没想到你们还真是攒了不少。你骄傲地在电话那头说："那是我从八十年代开始就一分钱一分钱攒下来的。老爸没什么本事，但也尽全力了。"我在电话这边，又是想笑又是心酸，笑的是我爸没有经济头脑，二十世纪八十年代的钱就那么一分一分贬值，躺在银行里近四十年；心酸的是诚如他所言，爸爸对我的爱正是这句话，"他也尽了全力"。

在我拥有呼吸的一万两千多个日日夜夜里，我去过的苍山大海，吃过的美食佳肴，见过的皮囊世相，爱过的灵魂人心，在我人生获得满足感的所有动人时刻，都首先要感谢你们，我的爸爸妈妈，是你们恩赐我生命。

有一晚散步，妈妈跟我说："我活到现在，大部分事也都看明白了，对现在的生活也很知足。唯一放不下心的，就是你的感情。我倒不是特别在意你什么时候结婚，什么时候要小孩儿，我只是关心，将来哪天我不在了，你一个人在这个世界上又少了一个可以说心里话的人，你孤独的时候该怎么办？"

月光是那样清明，我侧过头，不想让你看见我红了的眼眶。我是多么感动，我可敬可爱的妈妈。你自始至终关心的，都只是我孤不孤独，健不健康，快不快乐。你为何如此深爱我，我的母亲？

但我想你们对我应是放心的。

近些年，你们看着我一个人求学，在北京打拼，不再担心我在这个世界独自生存的问题；你们鼓励我追寻理想，关心他人，力所能及地为社会做一点好事，也算是完成了你们青春梦里曾渴望的志向与追求；你们感受着我比十年前、五年前、三年前日渐成熟与通透，我对生活、情感与人生的意义都愈发地笃定、美好与从容。

珍惜当下。山水有相逢，来日皆可期。

亲爱的爸妈，日子无论曾经多么艰难或苍白，你们最终仍相濡以沫地牵手走到今天。妈妈曾说婚姻的秘诀就在于一个“忍”字，忍得过便是白头偕老，忍不过只能分道扬镳。这让我想起了曾在哪里读过的一句话：“这世间大部分亲密关系维持到最后靠的都是一种‘深情的厌倦’。”我虽然还未步入婚姻，但观察你们与众生，却不是很认同这样的道理。当我慢慢长大，发现人生四处残败，孤独终是人生的真相，这与悲观无关，与伤怀无意，这只是任谁都无法逃避的客观现实与人性规律。尤其是当人生行至老年，丈夫与妻子终有一人要先走，儿女们也不可能时时在身旁，我们所能依靠的其实只有自己。

亲爱的爸妈，你们彼此的白头偕老不应是无奈地彼此忍受，而是各自追寻独立的精神与生命的自由，相互包容，相互关爱，“仿佛永远分离，却又终身相依”。

如同我第一次面对成长，你们也是第一次面对老去。我会像你们带我蹒跚学步时那般，悉心地陪伴你们去体会、去绽放。不要被岁月打败，只要你们愿意，这将是你们的又一段青春。

自二〇二〇年三月提笔，至今已一年有余。

一年多的写作与世隔绝，在这安静的日子里，我不断追问你们，叩问自己，我究竟是谁？从哪里来，又将到何处去？我问来处，从生物学、心理学、人类学等各学科里寻找你们遗传予我的基因，教习予我的品性，给予我的爱与负担。我悟过程，不再去追求所谓完美，在寻找美好的路上始终与自己的内心在一起，并最终抵达丰厚的平和。我思归途，生命的意义一在于其客观的过程，经历真，体验爱，创造美；二是以生命的追求与信仰超越时空的局限，乃至超越生死。

人类一代又一代。

我们背负着上一代人给予我们的包袱与礼物，活出自己的人生。

这是一场独立。

我渐知我一生所求，知我不可更改的残缺与命运，知我任尔东西南北风的信仰与坚守。

这是一场告别。

与青春告别，与懵懂、肤浅、忧惧的自我告别，也是与深情缱绻的你们告别。

这是一场成长。

我曾想若有一天你们离去，我将无法面对，但今天的我却可以坦然和你们说再见。

因为，我终于明白，世界上有一种爱永垂不朽，那就是你们永远在我心中。

最爱你们的儿子：毕啸南

给我的父亲毕可光、母亲宋军

2021 年 3 月 25 日

谨以此书，献给此生最爱我的人

图书在版编目（CIP）数据

在你们离开以前 / 毕啸南著 . -- 长沙：湖南文艺出版社，2021.8（2024.7 重印）
ISBN 978-7-5726-0276-4

Ⅰ. ①在… Ⅱ. ①毕… Ⅲ. ①散文集—中国—当代
Ⅳ. ①I267

中国版本图书馆 CIP 数据核字（2021）第 143333 号

上架建议：畅销 · 文学

ZAI NIMEN LIKAI YIQIAN
在你们离开以前

作　　者：毕啸南
出 版 人：陈新文
责任编辑：匡杨乐
监　　制：毛闽峰
策划编辑：周子琦
特约策划：张若琳
文案编辑：王　静
营销编辑：刘　珣　焦亚楠
插 画 师：峰籽一
封面设计：尚燕平
版式设计：李　洁
出　　版：湖南文艺出版社
（长沙市雨花区东二环一段 508 号　邮编：410014）
网　　址：www.hnwy.net
印　　刷：三河市中晟雅豪印务有限公司
经　　销：新华书店
开　　本：875mm × 1230mm　1/32
字　　数：160 千字
印　　张：8
版　　次：2021 年 8 月第 1 版
印　　次：2024 年 7 月第 7 次印刷
书　　号：ISBN 978-7-5726-0276-4
定　　价：48.00 元

若有质量问题，请致电质量监督电话：010-59096394
团购电话：010-59320018